美麗與哀愁

美しさと哀しみと

Utsukushisa to kanashimi to

川端康成
Kawabata Yasunari

高倉燦 譯

目次 contents

推薦序

只有毀滅在推動時間，宛如火中蓮花

沐羽

我們不妨從寫作倫理的角度走進川端康成經典之作《美麗與哀愁》，在這部集川端美學大成的小說裡，男主角大木年雄在二十多年前背著妻子，與十七歲的少女上野音子翻雨覆雲。在那個避孕技術不怎麼樣的年代，音子毫不意外地懷孕了。儘管她早知道大木已有家室，還是執意要把孩子生下來。然而，由於不想將這件事攤在陽光底下，他們決定在東京郊區的簡陋婦產科生產，孩子就這樣失救流產而死。其後，音子與她的母親遠走京都，與大木一別二十年。

至於爲什麼這是一個關於寫作倫理的故事呢？原來大木是個作家，在與音子離別以後，把那段淒婉哀怨的悲戀往事寫成小說。小說名爲《十六、七歲的少女》，讓大木一舉成名。在小說裡，大木對這段戀情極盡美化，讓小說背離道德，往極致之美不斷提升而去，這也是小說廣受歡迎的原因。不過與此同時，大木當然沒有告知音子他要把她寫進小說裡，甚至有雜誌打著《十六、七歲的少女》人物原型的名號，刊出音子的照片。

這部小說所傷害的並不只有音子，作爲上世紀作家的大木，主要習慣手寫文稿。而打字的工作，則交由在通訊社工作的妻子來做。雖然這算是一種新婚燕爾的娛樂，但到了《十六、七歲的少女》時，事情就完全不一樣了。當然，以一個男性的視角來說，大木表明自己其實只是想坦承布公，不想顯得閃縮才讓妻子打字，但是在打字過程中妻子人漸消瘦，看到大木和音子悲戀的段落時更是噁心欲吐。後來，由於精神壓力太大，妻子連腹中的孩子都保不住。至此，大木失去了兩個孩子。

在二〇二〇年代的我們這裡，大木基本上已經可以確定會被取消，他挪用他人之痛苦，未知會對方就採用經驗，披露私密性史以致強迫不倫戀「出櫃」，不尊重妻子且未阻止對方懷孕期間從事勞動生產，多次過失行爲導致嬰兒死亡。如果我們在社交媒體上看見這個人的新聞，我們以後都不會再看見這個人了。雖然可以說，過往的倫理以及道德觀念，而且是日本，實在與我們今天所處的世界完全不同。不過大木所做的事在當時也絕對算不上光采，於是也不用等到現代，《美麗與哀愁》裡音子後來收的畫家女弟子慶子，得知老師當年的經驗以及大木的行徑後，決意出發復仇。自此，《美麗與哀愁》的故事正式展開。

但這一切都是美麗的，在川端的筆下，無論是這段往事也好，大木和音子如今的日子也好，也顯出一種淡然的，伴隨著過往的遺憾而活著之感。二人的時間是靜止的，他們的心境與眼界都被囚禁了，無從進退，這是一種悲劇過後的餘生意識。然而，「昔日相愛的音子與大木恐怕也已消逝，徒留兩人的愛深植於文學作品中，永恆不滅，這份慰藉和懷念，存在於音子的哀戚中」。至於前來復仇的女弟子慶子，則帶著一種近乎暴烈的瘋狂，直接象徵著毀滅，誓要將如今的恬靜徹底破壞。在《美麗與哀愁》裡，只有慶子在推動時間流動。美麗與哀愁之事始終被毀滅從邊緣威脅，宛如火中的蓮花。

這不是一個關於善有善報惡有惡報的故事，文學作品的意義並不在於將美麗分配給善，並將哀愁分配予惡。又或說，小說的意義並不完全在於道德教化。川端在小說裡所探討的並不是背離倫理之事該不該寫，又或該如何寫，而是當這種違反倫理的書寫達致了美的境界時，它會產生怎樣的效果？時間，是否會如小說裡那樣撫平一切的傷痛？又或，這一切都是刻意爲之，如慶子與音子相戲時，她咬向老師的小指，並說：「就是希望您痛，我才咬的」。這大抵就是《美麗與哀愁》的核心了，它咬向讀者，並不指向毀滅，而是情欲與背德。它坦然得超脫道德框架，不正確得近乎神聖，在哀愁裡生產美麗，在美麗底下遍布骸骨。

（本文作者爲作家）

總導讀

生生流轉的美麗與哀愁——川端康成作品集解說

吳佩珍

二〇二二年適逢川端康成（一八九九～一九七二）謝世五十週年，各界或出版專書，或舉行特展紀念，臺灣的紀州庵文學森林也舉行「川端康成．大江健三郎的島嶼紀行」特展。川端康成除了是日本第一位獲得諾貝爾文學獎的作家，同時也被視爲二十世紀最重要的文學巨匠之一，其文壇重要性可見一斑。此外，他引領的文學現象至今仍未停歇，從以下幾點便可窺見：一、主要作品的文庫版至今持續再版中；二、日本作家中擁有最多翻譯作品者；三、一九七〇年創設的川端研究會對其作品研究的推展不遺餘力，研究者遍布全球。川端文學風潮之所以歷久不衰，其文學特質以及在性／別與引人爭議的政治思想問題點，都是主因。從新感覺派出發，其作品的視點與主題至今依然歷久彌新：穿越文學與電影之間的媒體性與視覺性、解構性／別重新解讀的酷兒研究、現代主義作為作品主軸的時代性意義、以政治視點重新解讀其作為二十世紀文學旗手的定位問題。無論從在地化還是全球化的觀點來看，川端康成無疑是最適合被閱讀與被討論的作家。

川端文學的分水嶺，可說是一九四五年八月十五日的日本敗戰。戰後初期，川端自文壇出道以來的親密戰友相繼謝世，如橫光利一（一八九八～一九四七）、菊池寛（一八八八～一九四八）。回顧自己前半生的同時，對戰後的人生，他如是說：「我將自己戰後的生命當作餘生，餘生並不屬於我，想像那是日本美的傳統的展現也不會感到不自然。」對日本傳統美與文化的追求，帶有戰爭傷痕與暗影的人物形塑，以及「佛界易入、魔界難進」的禪宗思想底流，都是戰後川端文學的主要元素。

木馬文化此次出版的川端康成作品選集，網羅川端文學各個階段的代表作品，對欲深入川端文學世界的讀者，是一大福音。包含《伊豆的舞孃》、《淺草紅團》、《雪國》、《舞姬》、《千羽鶴》、《山之音》、《湖》、《名人》、《睡美人》、《古都》、《美麗與哀愁》、《掌中小說》，以及《初戀小說》——收錄以川端初戀情人初代為藍本的作品群。以下將就各個作品的梗概與評價進行介紹。

《伊豆的舞孃》（一九二六）是川端自述「最受到喜愛的作品」。故事梗概爲高校生「我」前往伊豆旅行途中與流浪藝人相遇，年輕的舞孃薰與「我」之間透過話語與遊戲，關係逐漸親近。薰在澡堂遠遠見到「我」，赤裸著身體跑到門口高聲呼喊，是本作的知名場景。我「只覺心頭一陣清涼」，爽朗地微笑回應，感覺「她是個孩子」。之後無意間，聽到薰與人提及：「我」是個好人，讓因自幼喪失所有至親，性格因「孤兒根性」而扭曲，深感煩悶的「我」非常感動。最後分別時，「我」的心情感覺到既美麗又空虛，「任淚水橫流」，爲「什麼都不留那般的甜美暢快」所包圍。本作帶有川端康成自身濃厚投影的自傳事實，其中少女的純粹、「孤兒根性」與療癒，是川端文學反覆出現的書寫主題。自戰前至今，川端的多數作品被改編爲影視劇，《伊豆的舞孃》被改編爲電影的次數高達六次，爲日本近代文學之冠。舞孃薰一角由各個時期的代表女優與偶像主演，如田中絹代、美空雲雀、吉永小百合、山口百惠等。此作因而被譽爲「確立女優神話」的試金石，這恐怕連川端本人也始料未及。

《淺草紅團》（一九三〇）敘述作家「我」偶然在後街遇見美少女弓子，之後又結識了與弓子相貌並無二致的少年明公；明公便是變裝的弓子。藉由弓子，「我」結識了紅團的少年少女，同時巡查探訪淺草。弓子一直以來想對赤木復仇，因爲姊姊千代在關東大地震時遭其誘姦，導致她的瘋狂。弓子在船中口含亞砒酸丸，與赤木接吻。此時，「我」與春子正在地下鐵食堂的尖塔上，紅團團員則在同一地點目擊了外套染血的弓子被拉進船艙，之後她便行蹤不明。某日，「我」在蒸汽船上目擊扮作賣油女的弓子。從作品最後來看，可知《淺草紅團》是一個「未完結」的作品。此作出版的一九三〇年，東京舉行了「帝都復興祭」——一九二三年的關東大地震摧毀了百分之四十三的東京都，歷經六年半的建設與復興，東京的現代化道路已經足以與倫敦、巴黎媲美，淺草的隅田公園與橋梁的摩登景觀，正是新生東京的象徵。不過淺草象徵並不止於現代性，《淺草紅團》中引用添田啞蟬坊的《淺草底流記》，便是當時淺草表象的代表性言說：「淺草是衆人的淺草……混合各種階級與人種匯聚成一股洪流，不分黑夜白天永無止境，是深不可測的洪流。」這也成爲一九三〇年代的淺草表徵，川端的《淺草紅團》便是將如此言說小說化的作品。全作散見過剩的都市斷片，此外透過弓子的多重身分與變身，呈現淺草三教九流人口的複雜構成。作品的「未完結」即是淺草「深不可測」的象徵。

《雪國》（一九四八）開端的「穿越國境那長長的隧道，便是雪國」，從其爲人熟知的程度，說是川端康成知名度最高的作品也不爲過。連載期間從戰前至戰後，長達十三年（一九三五～一九四七）。作爲單行本發行前，歷經繁複的改稿過程，是川端的代表作。故事敍述「無為徒食」的主人公島村在火車上偶遇照拂病人的女孩，望著女孩映照在車窗的臉，回想起自己初次造訪北國的溫泉鄉——也是蠶絲與縮緬的產地，以及當時結識的藝伎駒子的情景。此次相隔半年再次造訪，與駒子再會，同時發現同乘火車的女孩叫葉子，其照拂的病人則是駒子師傅的兒子行男。第三度造訪時，已進入秋季。葉子冷不防要求島村帶自己回東京，讓島村興起不得不離開此地的念頭。島村正想著離開的時機，放映電影的蠶繭倉庫起火，與駒子趕到現場時，目擊葉子自倉庫的二樓落下。伴隨駒子尖銳的高喊聲，此時島村抬頭仰望，天上銀河宛如發出聲響，落入島村體內般。此作以日本古典傳統、藝能與風土，如東洋舞踊、歌舞伎和藝伎為背景，結合現代主義的描寫技法，如以車窗為鏡像，隨火車前行，在夕陽餘暉映照下葉子「非現實感」的臉龐，甚而三味線琴音如漩渦般將島村的身體捲入任由拉扯，都是此作膾炙人口的橋段。以展現現代性的文學技巧描摹日本傳統風土，是此作獲得世界性矚目的主因。

《舞姬》（一九五一）描寫女主人公波子與家教老師矢木結婚二十餘年，育有夢想成為芭蕾舞者的女兒品子與大學生兒子高男。一家生計均由波子的芭蕾舞教室維持，舊友竹原則是波子商談的對象。朝鮮戰爭之初，矢木陷入戰爭恐慌症，與高男企圖逃往海外。波子發現自己愛上了竹原，決意離婚。品子則奔向心儀的香山身邊。矢木一家陷入分崩離析。此作被評爲：對於將戰後的私小說與報導當作小說閱讀的讀者而言，作者證實了小說也是文學，也能夠是藝術。此外，戰後川端文學基調的「魔界」，首次出現在此作。波子、品子與友子三位芭蕾舞者，因未能如作中描述的天才舞蹈家尼金斯基般，成爲「進入魔界的眞正藝術家」，這般「無力感」反映出川端的戰後觀與認知。活在煩惱之人將如此「自我投影」的姿態視爲美，將煩惱（現實的醜惡）昇華至美，即是「魔界」的特徵，也是作家川端的一種創作方式。一九六八年獲得諾貝爾文學獎的紀念演講中，川端進一步言及源自一休宗純禪師的「佛界易入、魔界難進」，即「魔界」一詞的出處。

《千羽鶴》（一九五二）以茶道世界爲背景，描寫三谷菊治與父親的情婦太田夫人及其女兒文子在茶會上相遇，同是父親情婦的栗本千佳子與其弟子稻村雪子也出現在茶會上。太田夫人因菊治貌似父親而心生愛戀，兩人進而發展爲男女關係。知道兩人關係的栗本千佳子企圖破壞兩人，卻反而加深其情感。太田夫人因陷入愛欲與罪疚的兩難境地，最後自行結束生命。菊治雖爲稻村雪子所吸引，卻仍由與太田夫人的身體彷彿並無二致的文子奪去了自己的心，之後與文子在自家的茶室發生關係。事後，文子將母親遺物志野茶碗在洗手缽砸碎後，便失去蹤影。之後，菊治迎娶雪子，但因與太田母女的敗德與亂倫關係，導致遲遲無法與雪子有實質的夫妻關係，菊治的苦惱與日俱增。《千羽鶴》幾經增幅，收入最終章的版本在一九五二年出版，續篇《波千鳥》則在一九五六年出版。此作被視爲「傳統美的承襲者，其愛欲世界與珍稀茶器的世界完全重疊，展現出『美的絕對境界』」，作中錯綜複雜的愛欲與人際關係則承襲了《源氏物語》與中世文學的源流。

《山之音》（一九五四）以鎌倉爲舞臺，描寫終戰不久後，六十二歲的尾形信吾一家四口的生活日常。除了信吾，還有妻子葆子，從戰場歸來的長男修一及其妻菊子。一家人的日常便是一起觀賞電影《勸進帳》、颱風停電、長女房子離婚回娘家，以及出席友人葬禮。其中的「非日常」便是菊子的人工流產事件；這肇因於修一與戰爭未亡人絹子的不倫關係，象徵戰爭傷痕的陰影籠罩信吾一家。此作對戰後不久家族的日常生活做出精緻的寫實描繪，即使如此，信吾仍在這日常之中發現了美與神祕。例如「山之音」一章，他在月夜的庭園中聽著「彷彿夜露在樹葉與樹葉間落下的聲音」。作品整體蘊含詩的結構，這可從同樣的主題在各章反覆出現的組成所看出。如「做夢」在第二章「蟬翅」、第五章「島之夢」、第八章「夜之聲」、第十二章「傷後」、第十四章「蚊群」、第十五章「蛇卵」的反覆描寫。一九五四年的改編電影由擅長女性電影的成瀨巳喜男執導，原節子演出，川端也表示是自己喜歡的電影。

《名人》（一九五四）經過長期的增幅與推敲，自一九三八年起以〈名人引退棋賽觀戰記〉爲題，在《東京日日新聞》連載。一九五四年則以《吳清源棋談‧名人》爲題，發行單行本，敘述第二十一世本因坊秀哉名人在一九四〇年一月十八日早晨於熱海的鱗屋旅館去世，距離其最後的圍棋賽結束，僅過一年。生平無敵手的名人在生涯最後的勝負敗下陣來，名人之死被視爲其個人以及傳統藝道的終焉。一九三八年於芝的紅葉館對局，在嚴格平等的規範下進行比賽。相較於對手善用棋盤之外的戰術，如巧妙運用休息時間等，以圍棋傳統爲藝道的名人根本不敵盤外的爾虞我詐，就此輸掉生涯的最後一戰。針對此作的文類到底是隨筆還是小說，各有主張。另一方面，此作的新視點，則是將個人相對於時代，將日本的敗戰與名人的敗陣，進行重層化的解讀。

《湖》（一九五五）曾被文藝評論家中村眞一郎評爲：「戰後的日本小說中最值得矚目的完美成就。」本作也是戰後川端文學主軸「魔界」的本格化作品。主人公桃井銀平自喻爲「魔界的居住者」，故事整體以其奇特行徑爲主軸，若是中意的美麗女性，便加以尾隨。遇見美少女町枝時，銀平妄想著：「想在這美麗黑色眼珠中的湖泊裸泳。」書中將他對女性暗藏的情念，以現實、回顧、幻想、妄想形式呈現，這些情念以連鎖串聯的「意識流」描寫，推進故事的開展。這樣的聯想文學形式，中村眞一郎指出是日本中世文學的連歌手法再現。此外，此作被認爲是從寫實主義的桎梏中解放，與法國象徵主義文學產生共通性。

《睡美人》（一九六一）爲五章構成的中篇小說，被視爲「魔界」主題作之一。是川端文學後期的代表作，具前衛與頹廢意趣。敍述由已喪失男性機能的賦閒老人組成的「祕密俱樂部」，俱樂部會員之一的江口老人在海邊旅館中，與因服用安眠藥而失去意識陷入昏睡、全身赤裸的年輕女子們度過夜晚的故事。主人公自覺步入老衰，在這歡樂館邸中仔細眺望「睡美人」們的年輕肉體，同時回想過去的戀人、自己的女兒以及死去的母親。各種片段的回憶、妄念、夢想來去心間，全作主要描寫其官能欲望與頹唐。此作迥異於以傳統日本之美爲基調的《古都》與《千羽鶴》的意趣，並且常被拿來與谷崎潤一郎同爲描寫老人的「性」的《瘋癲老人日記》相提並論。三島由紀夫與愛德華．賽登斯蒂克（Edward G. Seidensticker）譽爲「無庸置疑的傑作」，之後的文藝評論也採用此一評語。

《古都》（一九六二）是川端康成諾貝爾文學獎得獎作品，也是其重要的代表作。事實上，海外的評價要高於日本國內。作品以京都爲舞臺，敍述織物老鋪的女兒千重子，雖深得父母疼愛，卻始終煩惱自己是否爲棄嬰，父母則解釋她是在祇園祭期間的夜櫻樹下遭誘拐而來。葵祭過後的五月下旬，千重子造訪北山杉林，在山中遇見與自己相貌一模一樣的苗子。之後在七月的祇園祭宵山，兩人再度相遇。苗子告訴千重子，兩人是孿生姊妹，父母俱在。此外，周旋在千重子身旁的男性有和服腰帶織物職人秀男、千重子的青梅竹馬眞一及其兄龍助。秀男起初誤將苗子當作千重子，之後進而向她求婚。苗子認爲他所愛之人並非自己，而是千重子的幻影，因而拒絕他的求婚。千重子邀請苗子到家中，苗子下定決心只見她一次。姊妹倆同床，度過幸福的一晚。隔天早晨，苗子便離開粉雪微飄的古都，回到北山杉的村落。作品世界中同時存在千重子的線性時間意識與京都空間的循環性時間結構，交錯推進故事進行。其中人物的相遇與關係變化都伴隨古都四季循環的重要祭典：葵祭、伐竹會、祇園祭、大文字，讓人體現川端文學立基的傳統美學與古典風土。

《美麗與哀愁》（一九六四）敘述已婚的小說家大木在年輕時愛上女學生音子，音子懷孕後死產，歷經自殺未遂進入精神病院，後與母親移住京都。大木以小說《十六、七歲少女》確立文壇地位，音子也成爲知名畫家。音子的弟子坂見慶子對音子懷抱情感，卻發現音子仍愛著大木，於是展開復仇。除了誘惑大木，還將矛頭指向大木的兒子太一郎。兩人在琵琶湖同乘快艇，之後發生事故，船沉入湖底，只有慶子獲救。出版當時，此作被定位爲「通俗的羅曼史小說」，多爲負評；但也有評論認爲，因是爲女性雜誌（《婦人公論》）而寫，屬於輕鬆調性的中間小說[1]。時至今日，此作被定調爲：本格的藝術小說，尖銳地指摘現實與空想之間的矛盾，同時帶有通俗性。

《掌中小說》（一九七一）：在新感覺派《文藝時代》同人當中，川端的「掌中小說」

1／ 日本戰後的一種流行文類。

創作量最豐。川端曾在一九二六年一月的〈掌篇小說的流行〉一文中，提及「所謂掌篇小說，是輯錄《文藝時代》新人諸氏的極短篇小說，由中河與一命名」，同時認爲，藉由掌篇小說的流行，小說的創作會如短歌、俳句般出現普及的可能性。也期待此文類能促進日本獨特的發展，最後在特殊的文學傳統與國民性中完全落地生根。從一九二一年七月的〈油〉到一九七二年八月的〈雪國抄〉，目前列入掌中小說群的作品共計一四六篇，川端的掌中小說被譽爲「在如散文詩般被切割的小小世界中，吞吐巨大的文學世界，同時變換自在地驅使形形色色的樣式。（長谷川泉〈掌の小説論〉）」，是川端被視爲獨步文壇的重要文類。

《初戀小說》（二〇一六）收錄川端以初戀情人伊藤初代爲藍本的作品：所謂「千代文」的作品群。此作品集由新潮社於二〇一六年發行，出版的起因爲：二〇一四年發現了初代寫給川端的十一封信，以及川端寫給初代卻未寄出的信函。此作亦收錄川端的女婿，也是川端康成紀念會理事長川端香里男的〈解說〉，介紹兩人從結識、訂婚到初代片面悔婚乃至川端試圖理解初代的念想如何化作一篇篇創作的過程。收錄作品的創作時間從一九二三年到一九六三年，可見伊藤初代事件對川端文學的深刻影響。川端這段永遠無法成就的青春稚嫩的戀情，與對純潔少女懷抱的夢想、神聖處女面影的憧憬、孤兒的成長歷程等主題融合，形成其文學特徵的基盤，也是形塑川端文學的重要元素。

直接將初代的事件作爲題材的作品群，在發表當時並未收入刊行本。直到川端五十歲初次發行全集時，才首次收錄。在後記中，川端引用自己當年的日記，回顧自己的半生，並對於此作品群的藍本，首次進行具體的詳述。一九二三年發表首篇〈南方之火〉，其命名源自初代於丙午（一九〇六）年出生，「丙爲陽火，午爲南方之火」（《初戀小說》）。作品群中重複出現的「非常之事」出自初代給川端的訣別信內容；也就是初代爲何突然悔婚的謎團。隨著二〇一四年兩人的書簡出土，經初代的三男櫻井靖郎證實，終於解開謎團：初代當時遭西方寺的僧侶強暴。此外，初代也在戰後的日記中寫下，已在一九二二年將此事原委告知川端。

（本文作者爲國立政治大學臺灣文學研究所教授）

美麗與哀愁

除夕鐘聲

東海道線特快車「鴿子號」的觀景車廂裡，五張旋轉椅沿著單邊車窗排成一列。大木年雄察覺到，只有最旁邊那張會隨著列車的行進靜靜轉動。目光被它吸引後，便遲遲無法移開。大木坐的這一側是低矮的扶手椅，椅子固定不動，當然無法旋轉。

大木獨自坐在觀景車裡。他讓背深深倚著扶手椅，望著另一側那張兀自轉動的旋轉椅。旋轉椅並非以固定速度朝固定方向旋轉。它忽快忽慢，時而靜止，時而往反方向轉。大木一人獨坐在車廂裡，望著眼前獨自轉動的旋轉椅，引出了心中的孤寂，種種愁思浮現心頭。

今天是歲末的二十九日。大木往京都去聽除夕鐘聲。

在除夕夜從收音機聽除夕鐘聲的習慣，已持續幾年了呢？這節目是從幾年前開播的呢？可能是在那之後便每年都聽，從不間斷吧。播音員讓聽眾聆聽日本各地名寺古剎的鐘聲，並搭配解說。就在這樣的鳴響中送舊迎新，因此播報員的用語也往往兼採華麗的辭藻或頌讚。那每隔一段時間緩緩鳴響的古老梵鐘，繚繞餘音帶有古老的日本寂[2]韻，讓人感受到時間的流淌。就像北國的寺院鐘聲響起後，接著便聽到九州的鐘聲，而每年除夕都是在京都眾多寺院的鐘聲下結束。京都寺院眾多，有時收音機裡還會同時傳出好幾座寺院的鐘聲齊響交鳴。

每到除夕鐘聲廣播的時刻，妻子和女兒往往都在廚房張羅年菜、收拾整理，或是準備和服、插花，忙碌不休，但大木總是獨自坐向茶室收聽廣播。隨著除夕鐘聲鳴響，大木不由回顧起過去這一年，觸動了心中感慨。感慨因年而異，有時激昂，有時苦悶，有時則深受懊悔或悲淒折磨。儘管播報員的用語和感傷語調有時聽來生厭，但那鐘聲還是深深滲進大木心中。盼日後除夕能待在京都，不是透過收音機，而是親耳聽聞眾多古剎的除夕鐘聲。這是他許久以前便心神嚮往之事。

就在這年歲暮，他一時興起，展開了一場京都行。一來也是他動了心思，想去京都與多年不見的上野音子聚首，一起聆聽除夕鐘聲。音子移居京都後，雖與大木幾乎斷了音訊，但踏上日本畫家之路的音子，如今似已自成一派，至今仍單身獨居。

由於是一時興起，況且提前定下日期、買好特快車車票，也不合大木的性格，於是他沒買車票，就從橫濱站搭上了「鴿子號」的觀景車廂。臨近歲末，東海道線往往一票難求，可

2／ 日本文化的專有名詞。意思是從閑寂中感受到深厚內涵與豐足的一種美感。

大木想，正好乘坐的是觀景車廂，他和列車上的老服務生熟識，總能想辦法找個座位吧。

「鴿子號」去程是午後駛離東京、橫濱，傍晚抵達京都；回程也是過午才駛離大阪、京都，對習慣晚起的大木可說再好不過，因此他往返京都總是搭乘「鴿子號」，那些負責二等車廂（仍區分成一等車廂、二等車廂、三等車廂時所屬的二等車廂）的女服務生，大木也大都認得她們。

上了車，才發現二等車廂內空位出奇得多。也許歲末二十九日這天乘客還算少，等三十、三十一日想必就要湧入大批乘客了吧。

凝望著那獨自轉動的旋轉椅，大木幾乎要陷進了對「命運」的思索，這時，老服務生替他端來了煎茶。

「只有我一位乘客嗎？」大木問。

「哦，有五、六位呢。」

「元旦那天會很擁擠吧？」

「不，元旦很空。您元旦當天回去嗎？」

「對，元旦得回去……」

「我先幫您知會一聲，雖然元旦當天我沒值班……」

「那就拜託了。」

老服務生離去後，大木環視四周。遠處的扶手椅椅腳處擺著兩只白色皮箱，是四方形略薄的新型款式。白色皮革帶有淡褐色斑紋，是日本少見的高級品。椅子上還放著一只豹皮大手提袋。行李的主人想必是美國人，似乎到餐車去了。

窗外看來溫暖的濃重霧靄中，雜樹林一路飛逝而過。遠在霧靄上空處的白雲透著微光，那光好似從地面照向白雲。但隨著列車疾馳，天空逐漸放晴。窗外的陽光深深地射向地板。行經松山時，可望見散落一地的松葉。竹林中一叢竹葉已泛黃。閃著白光的波浪打向黝黑的海岬。

從餐車返回的兩對美國中年夫婦，當列車通過沼津見到富士山時，便站向窗邊頻頻拍照。當富士山麓都完全展現在他們面前時，他們卻像拍膩了似的，轉身背對車窗。

冬日晝短，大木目送一條銀灰色的河流消失在視野中，仰頭凝望夕陽。不久，烏雲中的弓形層隙間逸洩出一道冷白色餘暉，久久不散。在早已亮燈的車廂內，不知哪來的力道，旋轉椅驀地一齊轉了半圈。但始終旋繞不停的，仍是盡頭的那張旋轉椅。

抵達京都後，他前往都飯店。大木心想，音子也許會來飯店找他，希望訂個安靜的房間。電梯似乎上到了六、七樓，但這座飯店沿著東山的陡坡而建，所以沿著長廊直直往裡走，盡頭還是一樓。走廊兩側的房間悄靜無聲，讓人懷疑是否沒有客人入住。可十點一到，兩側房間突然出現一陣外國人的喧嘩聲。大木問了值班的服務生。

「他們是兩家人，光孩子就有十二人。」服務生答道。那十二個孩子非但在房裡高聲交談，還彼此串門子，在走廊上奔跑嬉鬧。理應多的是空房，爲什麼要讓這麼吵鬧的客人，對大木的房間左右夾擊呢？大木暗忖著，畢竟是小孩，應該很快就會入睡，但孩子們也許在旅行中亢奮難耐，遲遲靜不下來。孩子們在走廊上奔跑的腳步聲尤爲礙耳。大木索性起了床。

兩側房間不住傳來外語的喧鬧聲，反而令大木備感孤獨。「鴿子號」的觀景車廂上，那張兀自旋轉不止的椅子又浮現腦中，就像靜靜目睹孤獨在心中無聲轉動著。

大木爲了聆聽除夕鐘聲與見到上野音子，才來到京都，但此刻他不禁又斟酌起來，音子和除夕鐘聲，究竟何者爲主，何者才是順道爲之？此番前來，無疑可聽到除夕鐘聲，但能否見到音子仍屬茫然。那確切的目的不過是藉口，不確切的才是心底的渴望吧？大木想和音子一道聆聽除夕鐘聲而來到京都。原以爲能輕易如願以償而動身，但大木與音子間已疏遠多年。儘管音子至今似乎仍獨身，但是否願意與昔日的情人見面，應邀赴約，大木卻也不得而知。

「不，她會來的。」大木喃喃自語。但大木口中的「她」有了怎樣的變化，他一無所悉。

音子似乎是向寺院租下別房，並與女弟子同住。大木看過一本藝術雜誌刊登她的照片，那間別房似乎不是只有一、兩間房，而是與一般人家沒兩樣，充當畫室的房間似乎也很寬敞。庭院顯得閑靜雅致。照片裡音子手執畫筆，微微低頭，但從額頭到鼻梁的線條看得出是她。不見中年發福姿態，優雅而端莊。就是這麼一張照片，讓大木在浮現往昔的回憶之前，就率先思及自己從她人生中奪走爲人妻、爲人母的權利這份苛責。當然了，看過這張雜誌照片的人們當中，恐怕只有大木一人感受到這番壓迫感。看在與音子接觸不深的人們眼中，那就是一位移居京都且別具京都風韻的美女畫家罷了。

二十九日這夜就這樣吧，大木打算隔天三十日再打電話給音子，或是到她住處拜訪。但他一早被外國小孩吵醒後，又心生怯縮而猶豫不決，便坐向桌前，打算先寄一封快信給音子，可開頭就不知如何下筆。望著房內備好的信箋仍是張白紙，大木甚至想著沒見到音子也罷，獨自一人聽過除夕鐘聲後便返家。

大木很早就被兩側房間的孩子吵醒，待那兩家外國人離去後，便又睡起回籠覺。將近十一點才醒來。

大木慢條斯理繫著領帶，驀然想起當初音子那句「我來繫吧，我給你……」時的光景——那是十六歲的少女被奪走貞操後開口的第一句話。大木什麼都沒說。他沒有要說的。只是溫柔摟緊她的背，輕撫她的秀髮，依然不發一語。從他臂彎裡溜了出來，起身著裝的是音子。大木站起身，穿上白襯衫，正要繫領帶。音子靜靜地抬眼凝望著他。那是一雙並非因淚水而濡溼，閃耀著光采的潤澤雙眸。大木避開她的目光。剛才接吻時，音子也睜著眼，木木便刻意吻在眼上，讓她閉上眼。

音子說要幫忙繫領帶的聲音充滿少女的柔美。大木不由鬆了口氣。他全然沒預料到。與其說這是音子原諒大木的證明，不如說也許是爲了逃避此刻的自己。她把玩領帶的手無比輕柔。卻似乎怎麼也繫不好。

「妳會嗎？」大木問。

「我應該會。常看父親繫領帶。」

——音子的父親在她十二歲那年過世了。

大木坐向椅子，將音子抱在他膝上，然後抬高了下巴，方便她繫。音子微微挺胸，繫了兩、三次又解開。

「好了，小男孩，繫好了。這樣總行了吧。」她離開大木的膝蓋，手指搭在大木的右肩上，望著領帶。大木起身走到鏡子前。領帶繫得很漂亮。大木伸出手掌粗魯摩擦著微泛油膩的臉。侵犯少女後，他不敢看自己的臉。少女朝鏡子走來。那嬌嫩欲滴的美刺痛大木。那不應存在於現世的美令大木心頭震盪，才回頭，少女將一手搭在大木的肩，說了「我喜歡你」後，便將臉輕輕貼上大木胸前。

十六歲的少女叫三十一歲的男人「小男孩」，大木感到不可思議。

——那之後二十四個年頭過去。大木已五十五歲，音子該也四十歲了。

大木走進浴室，打開房內的收音機，播報員說今早京都地面已結了層薄冰，同時預告今年是暖冬，新年的天氣也很暖和。

大木在房裡以吐司和咖啡湊和一餐後，搭車外出。今天仍遲遲無法下定決心去拜訪音子，漫無目的，便決定到嵐山走走。望向車內，北山到西山一路相連的低矮群山，有的向陽，有的覆上陰影，山姿雖柔和渾圓，但那冷徹肌骨的寒意堪稱京都寒冬的寫照。就連山上向陽處的日照也變得黯淡，恍似黃昏將至。大木在渡月橋前下車，但沒過橋，而是一路往龜山公園的山腳，沿著一側的河岸道路往上走。

春秋之際遊人湧動的嵐山，每到歲末三十日這天，就不見人蹤，呈現出另一番風貌。嵐山露出了原本靜謐的臉。深淵的潭水碧綠清澄。卡車在河灘堆運木筏上的木材的聲響傳向遠方。人們在面河一側見到的是嵐山外貌，但在山陰處，嵐山往河上游傾斜，陽光只能從山肩洩照下來。

大木打算在嵐山一人靜靜享用午餐。以前來過的餐館有兩家。但離渡月橋較近的店家大門緊閉休業。在歲末三十日這天，想必沒有客人會專程來到如此冷清的嵐山來吧。大木信步而行，尋思著河上游那家老字號小店該不會也休息了。倒也不是非在嵐山用餐不可。爬上古老的石階，卻被店裡的少女賞了頓閉門羹。

「都出去了呢。」少女說店裡的人全上京都的市街去了。在盛產竹筍的季節，來到這家店裡品嚐柴魚片滷竹筍，是幾年前的事了呢？大木只好先往下走回岸邊道路，見到往隔壁店家的緩坡石階路上，一位年老的婦人正在掃楓樹落葉。老婦人朝他說「店應該還開著」。大木來到老婦人身旁，停下腳步說了「真安靜啊」。

「連對岸人聲也清楚傳過來了呢。」

那家餐館就像被埋進了山腹的樹叢中，厚實的茅草屋頂潮溼老舊。玄關昏暗，卻也不似玄關的格局。玄關外是進逼眼前的竹林。茅草屋頂後方矗立著四、五根高大赤松。大木被帶往一間包廂，店內好像沒有客人。玻璃拉門前的那片紅色，是青木的果實。大木瞥見一朵早開的杜鵑。青木、竹子與赤松阻擋了河的風姿，但仍可從葉隙間窺見潭淵，如碧玉翡翠般清澈深邃，水面平靜無波。嵐山一帶也如潭水般沉靜。

大木雙肘撐向燒著熾烈炭火的暖桌上。傳來小鳥的鳴囀。朝卡車上堆放木材的聲響迴盪在山谷間。山陰線不知是駛出或駛入隧道，汽笛聲也在山谷間鳴響，徒留悲傷的餘韻。大木想起初生嬰兒微弱的哭聲——十七歲的音子懷胎八月，小產生下了大木的孩子。是個女嬰。大木眼看嬰兒保不下來，便沒帶到音子身旁。孩子死時，醫生說「最好等產婦情緒稍微平穩後，再告訴她」。

音子的母親對大木說：

「大木先生，你來說吧。小女自己明明還是個孩子，卻堅持將孩子生下來，眞是可憐，只怕我會比她先哭出來。」

音子的母親對大木的憤怒和怨恨，因女兒臨盆姑且壓抑下來。儘管大木有家室，既然音子要生下他的孩子，這個與獨生女相依爲命的寡母，也就再沒力氣責怪和憎恨男方。看來比音子還要好強的母親，彷彿在這片刻突然讓了步。瞞著世人生了這孩子，如今該拿這孩子怎麼辦，音子母親眼下也只能仰賴大木了。更何況因懷孕而情緒激動的音子，甚而以死相脅，不許母親再說大木的不是。

大木回到病房，音子投來了產婦那安詳而聖潔的目光，但眼眶旋即盈滿豆大的淚珠，順著眼角滑落，沾溼枕頭。大木心想，她已經察覺了。音子淚如泉湧，怎麼也止不住。兩、三道熱淚淌落，一道就要流進耳內，大木連忙要擦拭。音子卻一把抓住他的手，抽噎著啜泣出聲。接著像潰堤般放聲大哭。

「死了嗎？寶寶死了，死了。」

她的胸膛彷彿要被哀傷迸裂，擠壓得幾乎無法呼吸，流下的淚水一如鮮血。大木像是要平撫音子激烈起伏的胸口般緊摟住她。少女小而鼓脹的乳房觸到了大木的手臂。

在門外窺探動靜的母親，此時走進病房。

「音子、音子。」她喚著。

大木沒理會音子的母親，仍緊摟音子。

「好難受。你放開……」音子說。

「妳會安分下來？不亂動？」

「我會安分的。」

大木鬆開她，音子劇烈喘息。淚水又從她眼眶滿溢而出。

「媽，會燒掉吧？」

「……」

「這麼小的寶寶也是……？」

「……」

「媽，您說過，我出生時有著烏黑的頭髮對吧？」

「是的，眞的很烏黑。」

「寶寶也有烏黑的頭髮嗎？媽，您能幫我剪下一小撮寶寶的頭髮嗎？」

「音子，這……」母親一臉爲難。

「音子，孩子很快又會有的。」不小心脫口，又像要將這句話吞回去似的，一臉沉痛別過臉去。

母親，甚至大木，不都暗自期望這孩子的事別攤在陽光下嗎？所以才將音子送到東京郊區簡陋的產科診所分娩。要是能在更好的醫院用心救治，或許還能挽回嬰兒的性命，想到這裡，大木便感到心痛。那時只有大木獨自帶音子上醫院。音子的母親終究沒來。醫生看似近半百年紀，有一張因酒喝多了而漲紅的臉。年輕的護理師以責備的眼神望著大木。音子穿著一套紅色銘仙[3]和服，連肩上的摺縫線都忘了拆。

——頭髮烏黑，沒足月便生下的嬰兒，那面容在二十三年後的嵐山，竟清晰地浮現大木眼前，恍如藏身冬日的樹叢間，沉在碧綠的深淵裡。大木拍手喚來女侍。今天似乎沒打算招待客人，所以張羅料理得花不少時間，大木對此已心裡有數。來到包廂裡的女侍似乎也估量

3／ 和服布料的名稱，使用碎屑的絲捻成有粗節的線，再平織成布料。大膽鮮豔的用色爲其特徵。

著消磨時間，換了杯熱茶後，就此坐下。

兩人閒話家常，女侍說起一名男子遭狸貓戲弄的故事。黎明時分，男子涉水走在河中間，邊高喊著：

「快死了，救命啊。快死了，快來救人啊！」被人發現時，男人就在渡月橋下，那一帶水淺，他明明就能輕鬆地爬上岸，卻步履蹣跚在河道中央遊蕩。男子獲救清醒後說，從前一天夜裡約莫十點，便夢遊似的在山中徘徊，不知不覺進了河裡。

廚房傳來叫喚聲，女侍起身。端上桌的第一道菜是鯽魚。大木悠哉地喝著小酒。

一走出玄關，大木再度仰望鋪著厚實茅草的屋頂。那布滿青苔的腐朽模樣，大木感覺別有一番風情，可老闆娘說：

「在樹下就是不容易乾啊。」說是重鋪屋頂後不到十年，才八年就成了這副光景。茅草屋頂的左邊天空，白亮的半月高懸。三點半了。大木往下來到河岸道路，望著翠鳥貼近水面一路飛去，連羽翼的顏色都清晰入眼。

他在渡月橋畔攔了一輛車，打算前往仇野[4]。祭祀無主孤魂的地藏王及石塔群，在這寒冬的向晚，想必更加引人體悟世間之無常。然而，才見到祇王寺入口處幽暗的竹林，大木便命計程車掉頭。他決定先繞一趟苔寺，再回飯店。苔寺的庭園裡，只有一對像是新婚旅行的

4／ 京都市右京區嵯峨的小倉山山腳下原野。原意是「無常之野」，與東山的「鳥邊野」都被視爲人世無常之象徵。

男女。乾枯的松針散落在青苔上，映照在池面的樹影隨步伐晃動。大木朝暗紅色的夕陽餘暉灑落的東山而去，回到了飯店。

泡過澡暖和身子後，他從電話簿上找尋上野音子的電話號碼。一個年輕女人的聲音，可能是女弟子吧，隨即將電話轉給了音子。

「喂。」

「是我，大木。」

「……」

「是我。大木年雄。」

「是。久違了。」音子的口音帶著京都腔調。

大木不知從何說起，便省略客套話，就像突兀地撥打了這通電話一樣，以讓對方不致感到拘束的口吻飛快說明來意。

「想在京都聽除夕鐘聲，這才來了。」

「聽除夕鐘聲……？」

「妳願意和我一起聽嗎？」

「……」

「妳願意和我一起聽嗎？」

「……」

以電話來說，這算是很長的沉默。想必音子大爲驚訝，正爲此猶豫著。

「喂、喂……」大木喚道。

「您一個人嗎？」

「對，就我一個人。」

音子又沉默了片刻。

「聽了除夕鐘聲，元旦一早就回去。這次想和妳一起聆聽跨年的鐘聲。我也不年輕了。不知已有幾年沒見面了呢。都經過這麼長的時日，若非趁這樣的機會，說要來聽除夕鐘聲，一時也開不了口說想見妳。」

「……」

「明天去接妳，可以嗎？」

「不。」音子的語氣略顯慌亂。「我去接您吧。八點……可能太早，您九點多在飯店等我。我先訂好地方。」

大木原本想和音子慢慢享用晚餐，但九點已是晚餐後了。不管如何，音子終究接受了他的邀約。遙遠記憶中音子的倩影，鮮明地朝他走來。

隔天，從早上到晚上九點，得獨自一人待在飯店裡，這段時間好長啊。又想到是年末十二月三十一日這天，似乎更覺漫長。大木無事可做。京都雖有幾名熟人，但畢竟是除夕日，況且入夜後要和音子一起聽鐘聲，眼下任何人也不想見，也不想讓人知道來京都的事。以京都風情吸引人的店家不少，但還是在飯店裡隨意解決了晚餐。就這樣，大木在歲末這天，腦中滿是音子的回憶。同樣的回憶反覆浮上心頭，變得愈發鮮明強烈。二十多年前的往事，此刻比昨天之事還鮮活般躍然面前。

大木並未起身走向窗邊，看不見飯店下方街道，但從窗戶可望見京都市街屋頂那端的西山。西山也不遠，與東京相比，京都是個小巧溫柔的城市。浮泛在西山上空的淡金色透明浮雲，就此在眼前轉爲冰冷的暗灰，暮色漸濃。

回憶是什麼呢？如此深刻印在腦中的過去，又是什麼呢？音子隨母親遷往京都時，大木以爲算是與音子分手了，事實就是如此，但兩人眞的分手了嗎？大木攪亂了音子的人生，從她女人的一生中奪走爲人妻、爲人母的機會，大木始終擺脫不了內心的罪疚，然而，仍保持獨身的音子在漫長的歲月中又是怎麼看待大木呢？對大木來說，回憶裡的音子，是個獨一無二的剛烈女子。而至今對音子的回憶仍如此鮮明，不就是因爲音子從未與大木分離嗎？大木雖出身東京，但華燈初上的京都市街卻透出故鄉的氛圍。不光是因爲京都就像是日本的故鄉，更因爲音子也住在這裡。大木泡了個舒服的澡，從內衣到襯衫、領帶全換上新的，在房裡來回踱步，又到鏡前仔細端詳自己的模樣，等候音子前來。

「上野老師來接您了。」九點二十多分，玄關處打電話來通知。

「這就下去，請她在大廳稍候。」大木如此回話後，自言自語道：「還是該請來房間好。」。

在寬敞的大廳不見音子身影。一名年輕女子朝大木走近。

「您是大木老師嗎？」

「是的。」

「上野老師讓我來接您。」

「啊？」大木極力以若無其事的態度回應。「眞是勞煩……」

大木滿心以爲音子會前來赴約，此時感覺像被擺了一道。幾乎一整天對音子的鮮明回憶，霎時變得模糊難辨。

坐上女子安排的車，大木仍沉默了好一會兒，這才開口問道：

「妳是上野女士的弟子？」

「是的。」

「與上野女士同住嗎?」

「是的,還有一位幫傭的太太。」

「是京都人?」

「老家在東京,由於仰慕上野老師的作品,所以不請自來,請老師收留我。」

大木轉頭望向女子。打從女子在飯店出聲叫喚時,大木便已驚訝於她的美貌,纖細的脖頸,漂亮的耳形,側臉煞是動人。可說是人比花嬌,美得教人不敢直視,可談吐又沉靜文雅。女子坐在大木身旁,顯然透著拘謹。這女子知道他與音子的關係嗎?他與音子之間的情分,已是女子出生前的事了。大木邊思索,口中卻問起毫不相干的事。

「妳向來穿和服嗎?」

「不,在家中會四處走動,大多穿長褲,沒什麼規矩。我心想,聽了鐘聲,轉眼就是元旦,這才請老師讓我穿上新年的和服。」女子略顯輕鬆地說著。看來,女子不光是來飯店迎接他,還要一起聽除夕鐘聲。大木心下明白了,音子要避免與他獨處。

車子駛過圓山公園,一路往上朝知恩院的方向而去。在一處古色古香的出租包廂裡,除音子外,還來了兩名舞伎。這也是大木意想不到的安排。只見音子將膝頭稍微埋進暖桌裡,兩名舞伎則面向烤火盆而坐。女弟子跪向門口，向音子行禮說道：

「我回來了。」

音子從暖桌裡移出膝蓋。

「好久不見了。」音子對大木說道：「我想知恩院的鐘聲好些，便選了這裡。這裡本來今天也休息，無法招待客人呢……」

「多謝，給妳添麻煩了。」大木也只能這樣回應。除了女弟子外，還有舞伎。會讓人察覺出大木與音子昔日情分的話，實在說不出口，也不能從表情上流露出來。音子昨天接到大木的電話後，想必既困惑又提防，這才想出請來舞伎的辦法。音子這番避免與大木獨處的態度，是否仍隱隱透露出對大木的心意呢？大木走進包廂，與音子面對面那一刻便感覺到了。光憑那一眼，他感覺自己至今仍在音子心中。旁人想必察覺不出吧。不，那女弟子總隨侍在音子身旁，而舞伎們雖是少女，卻也是風塵女人，多半已察覺出什麼。當然，任誰都佯作若無其事。

音子安排好大木的座位後，對女弟子說：

「坂見，妳坐這裡。」她讓女弟子坐向與大木隔著暖桌相對的座位。音子似乎連座位都刻意避開大木。音子從一旁靠向暖桌。兩名舞伎坐向音子身旁。

「坂見，妳向大木老師問候過了嗎？」音子輕聲問過女弟子後，便向大木引見。
「這是我的弟子，坂見慶子。別看她這副模樣，個性可瘋著呢。」
「哎呀，老師，瞧您說成這樣。」
「她不時會獨樹一格畫起抽象畫來。畫風熱情得可怕，看似又透著幾分瘋狂。但這樣的畫深深吸引著我，無比羨慕。她作畫時還渾身顫抖呢。」
女侍送來酒和下酒菜。舞伎在一旁斟酒。
「眞沒想到妳會這樣安排，和我一起聽除夕鐘聲。」大木說。
「我覺得和年輕人共度較有意思。鐘聲一響又多了一歲，挺落寞的。」音子沒抬眼。
「像我這種人，竟也一路活到現在……」
大木驀然憶起，產下的嬰兒夭折後兩個月，音子企圖服安眠藥自殺。如今音子想必也憶起此事。——大木在音子母親的通知下急忙趕往。雖是在音子母親的要求下兩人分手，才導致這種結果，但她還是叫來大木。大木住在音子家中看顧她。音子的大腿因注入大量藥液變得又腫又硬，大木反覆幫她按摩著。音子母親在廚房忙進忙出，一再更換熱毛巾。音子被褪去內褲。十七歲的音子，大腿纖細，注射藥物後腫得很難看。大木的手才一使勁，腫脹便滑動流向大腿根部。汙濁不堪的黏液滲了出來，大木趁她母親不在時爲音子擦去。大木因負罪感和愛憐之情，淚水落向音子的腿上，他祈禱著，無論如何也要讓她活下去，無論如何絕不和她分開。音子的嘴脣發紫。廚房傳來音子母親的啜泣聲。大木前去查看，只見她縮著肩蹲在瓦斯爐前。

「快死了。就要死了。」

「就算會死，身爲母親的您這一路走來這麼疼愛她，也就夠了。」大木如此安撫著。音子母親握住他的手。

「你也是。大木先生，你也是啊……」

音子直到第三天才睜眼。這段時日大木一直隨侍在側，不曾合眼。音子睜大晶亮的雙眸，痛苦地搔抓著頭和胸口，直嚷著「好難受、好難受」。目光似乎掃過大木，便補上一句：

「討厭，你給我走。」

雖來了兩名醫生悉心救治，但大木不禁暗忖，音子能保住一命，自己誠心誠意看顧也有苦勞。

音子母親也許並未讓她知道，大木是如何費心照看她。但當時的情景，大木至今不曾稍忘。比起曾摟進懷中的音子身軀，在生死關頭反覆按揉的那雙大腿更歷歷在目。二十多年後，那雙等待聆聽除夕鐘聲而埋在暖桌下的腿，大木彷彿仍清晰得見。

音子將不知是舞伎或大木斟的酒，毫不猶豫一飲而盡。她似乎變得相當能喝酒。一名舞伎開口，要敲響一百零八下鐘聲需要約莫一小時。兩名舞伎都不是出席宴席表演的盛裝，僅著一襲上等縐綢和服。腰帶也不是垂放腰帶[5]，但質地雅致，可愛迷人。髮上沒插花簪，只插飾著一把漂亮的髮梳。兩人與音子似乎是熟識，但大木不懂，何以穿戴得如此親暱隨意而來。幾杯黃湯下肚，聽舞伎說著京都的方言閒話家常，大木也慢慢放鬆下來。音子的計畫當眞聰明。她著實避開了與大木獨處，突然間與大木見面，音子想必也要靜下來好好整理思緒吧。光是這樣坐著，兩人之間似能心意相通。

知恩院的鐘聲響起。

「啊！」在座衆人皆爲之靜默。那鐘聲過於古老淒清，彷彿是一口破損的老鐘，尾音深遠往四方飄散而去。隔了半晌又響一聲，就像在近處撞鐘一般。

「太近了吧。我說想聽知恩院的鐘聲，有人便告訴我這裡，看來還是在稍遠處，如鴨川河岸一帶，聽起來應該更有感覺。」音子對大木和女弟子說。

大木打開拉門朝外望去，鐘樓就在這座出租包廂的小庭院下方。

「就在前方不遠。都看見敲鐘了呢。」大木說。

5／　江戶時代婦人間流行的腰帶綁法，後來成爲京都祇園舞伎常見的腰帶綁法。

「真是太近了。」音子又說了一遍。

「不，不打緊。每年除夕夜都是從收音機聽鐘聲，這樣近的地方也不錯。」大木如此應道，但的確少了幾分情趣。鐘樓前聚集蠢動的黑影。大木合上拉門，腳伸回暖桌裡。鐘聲持續鳴響，他已不再側耳聆聽。不愧是古老的名鐘，彷彿遙遠世界蘊藏的力量正迸發出深沉的鳴響。

大木等人離開出租包廂後，前往祇園神社參加白朮祭[6]。見到不少人朝繩子前端點火，一路甩著燃火的繩子返家。用那火苗點燃煮年糕湯用的爐灶，是自古傳承的習俗。

6／ 京都八坂神社舉行的祭神儀式。白朮是中醫常用的草藥。日本人認爲其氣味有避邪作用，每年除夕到元旦都要點燃白朮編成的火繩，預祝新年好運。

早春

紫色的晚霞令大木年雄目眩，他在山丘上佇足良久。午後一點半，他便坐在書桌前，寫完一回晚報連載小說後才步出家門。他的家坐落在北鎌倉的山丘上。西邊天空的晚霞一路往高空漫去。是霧靄嗎？但那濃重的紫，又讓人覺得是薄雲。大木眼中，紫色的晚霞相當稀罕，好似以毛刷朝濡溼之物橫掃而去，濃淡間略顯模糊。那柔和的紫，將逐步接近的春日緊緊包覆。上頭一抹桃紅似是夕陽墜落之處。

大木想起在京都聽完除夕鐘聲，元旦搭特快車「鴿子號」返程，鐵路在夕陽的照射下綻放出紅光。鐵路就這麼閃耀著紅光，綿延到遠方。另一頭是汪洋。鐵路一轉進山邊背光處，紅光也消失了。列車駛進山峽，夜幕即翩然降下。鐵路的紅色讓大木再次憶及與音子的過往。明明是要聽除夕鐘聲，音子卻帶女弟子坂見慶子同行，還找來舞伎，避免與大木獨處，但音子這麼做，反而讓大木覺得音子至今心裡仍有他。從祇園神社行經四條通，雜沓的人群中有醉漢、也有年輕男子，還有人嘴裡不知唸著什麼，伸手就要摸舞伎的髮髻。平日的京都不會有這種事。大木像是要保護舞伎們的姿態走著。音子和女弟子則緊跟在後。

元旦中午，大木坐上「鴿子號」時，心裡明白，音子恐怕不會來車站送行。正掛懷著，女弟子坂見慶子來了。

「新年好。原本老師該親自前來送行才對，但每年元旦這天，基於義理人情非得到幾戶人家登門拜年不可，中午也有客人來訪，得在家候著，因此老師一早便出門了，讓我代為送行，還吩咐要好好向您致歉。」

「這樣啊。謝謝妳專程前來……」大木如此應道。元旦這天月臺上人不多，慶子的美格外引人注目。「除夕那天到飯店接我，元旦又來車站送行，受妳不少關照。」

「哪裡。」

慶子穿著昨晚那件和服。上頭繪有各種姿態的千鳥，雪花紛飛。是一件淡藍色的綾緞。千鳥雖有顏色，但依慶子的年紀仍稍嫌樸素，新年這麼穿顯得過於黯淡。

「很漂亮的和服。是上野老師設計的嗎？」大木問。

「不，是我試著畫的，畫得不如原本所想。」慶子的臉頰微微泛紅。倒不如說，因為這件低調的和服，慶子那美豔如花的臉蛋反而更顯明亮動人。千鳥的配色和式樣變化，也抽象地透出一股年輕氣息。紛呈的雪花像在漫天飛舞。

慶子遞上京菓子和京都冬天的醬菜，說是音子送的伴手禮。

「還有這個飯盒。」

慶子在「鴿子號」駛進月臺到離開不過短短一、兩分鐘時間，都站得很靠近列車車窗。儘管大木只看見慶子的臉到胸口處，卻仍心想，這應是慶子一生中最美的時刻。大木沒見過音子美麗的青春時期。他被迫與十七歲的音子別離，而昨天見面的音子，已經四十歲了。

大木提前在四點半左右就打開飯盒。盒內盛裝著新年料理的多樣配菜，還附上飯糰。飯糰握得很小巧，似乎滿含女人的心意。這是音子爲了昔日將少女時代的自己澈底踐踏過的男人所握的飯糰吧。大木嚼著那約一口或一口半大小的飯糰，脣齒與舌尖彷彿滲進了音子的赦免。不，那不是赦免，而是音子的愛。至今仍深植於音子心中的愛。隨母親遷往京都後，音子遭遇了什麼呢？大木只知道音子當上畫家後，過著獨身的生活，除此之外一概不知。也許音子又談過戀情。但少女的她確實和大木談了一場燃燒生命的戀情。大木在音子之後，也有過幾個女人。但都不像少女的音子那樣，令他愛得入骨。

「好米。是哪裡產的米呢？關西米嗎……」大木暗忖，將小小的飯糰不斷送入口中。鹹淡適中，鹽分拿捏得當。

音子十七歲時，小產、自殺未遂，兩個月後，被送進架設鐵窗的精神科病房。音子母親雖然通知了大木，卻不准他們見面。

「在走廊遠遠就看得見她，但請別走過去……」音子的母親說：「我不希望大木先生看到那孩子現在的模樣。她要是和您見面，肯定無法靜下心來。」

「她認得出我嗎？」

「當然認得……她不就是爲了您才變成這副模樣嗎？」

「……」

「並不是發瘋。醫院裡的醫生也安慰說是暫時的。那孩子常擺出這樣的手勢呢。」母親做出懷抱嬰兒逗弄的動作。「是想孩子吧。眞可憐。」

音子住了約莫三個月才出院。她母親來見大木說：

「大木先生，我知道您有妻兒。音子應該也是打從一開始就知道。我都這把年紀了，明知如此還試著這樣拜託您，或許您會認爲我才是瘋了……」音子的母親肩頭發顫。「能請您和音子結婚嗎？」

母親眼眶泛淚，低下頭，緊緊咬牙。

「這事我也想過。」大木一臉愁苦地說。此事在大木家中掀起不小的風波。妻子文子才二十四歲。

「想過很多次。」

「您就當我和我女兒一樣都瘋了，剛才那番話就當沒聽過吧。我不會求您第二次。我並不是要您立刻娶她。不管是兩年、三年，還是五年、七年，我會讓音子等著。就算我不說，音子也必定會等您。畢竟還是個十七歲的女學生……」

母親的口吻，大木感到就是她將剛烈的脾氣遺傳給了音子。

還不到一年，音子母親就賣掉了東京的房子，帶著女兒搬往京都。音子轉入京都一所高等女子學校。比同學們晚了一年。女校畢業後，進入繪畫專科學校就讀。

從那時到如今一起聆聽知恩院的除夕鐘聲，元旦這天還送飯盒到特快車來，已過了二十多個年頭。不光是飯糰，連年菜也謹守自古傳承的規矩，十足的京都風，大木每次舉筷夾菜，總會先欣賞一番再送入口中。都飯店的早餐雖也附上一碗應景的年糕湯，但若就年味來說，還是這個飯盒道地。等回到北鎌倉的家中，家裡的新年料理想必就像近來婦女雜誌上的彩色照片一樣，添加不少歐風的菜色吧。

儘管女弟子聲稱，京都的女畫家音子在元旦這天得顧及「義理人情」，但總不可能連撥出十分鐘或十五分鐘的空檔來車站一趟都辦不到吧。看來就像聽除夕鐘聲時，音子刻意避免與大木獨處的態度，才派了女弟子代她來車站送行。昨夜在女弟子和舞伎面前，大木無法對音子提及過去的事，但那段過往在兩人間卻似是心意相通。這飯盒也是。「鴿子號」啟動後，大木在車內以手掌拍打車窗，卻發現車外的慶子聽不見，便將車窗往上推開約兩公分的縫隙，對她說：

「謝謝妳元旦一早就來送行。妳家在東京吧？想必也常回東京。到時請來我家坐坐。北鎌倉是個小地方，只要在車站附近打聽一下就知道我家了。還有，妳的抽象畫，音子老師口中近乎瘋狂的畫，請送一、兩幅到我家來。」

「眞是難爲情。被上野老師說成是瘋狂的畫……」慶子的眼眸中閃過異樣的光芒。

「不，應該是上野老師畫不出那樣的畫吧。」

列車停靠的時間很短，與慶子的交談也不長。

大木也寫過幻想類型的小說，卻不寫現代人所謂的抽象小說。只要語言或文字脫離日常的實用性，就可說是抽象、象徵，可大木似是從年輕時便極力扼殺足以發揮此特質的才能和資質，轉爲投入散文。他很熟悉法國的象徵詩派，以及《新古今和歌集》和俳諧等，但年輕時就已學習如何以抽象、象徵性的語言來表現具體、寫實。他認爲若加強具體、寫實的表現手法，仍可達到象徵性、抽象性的境界。

話雖如此，大木以語言和文字描寫的音子，與現實的音子之間，又是怎樣的關係呢？眞相恐怕難以捉摸。

大木的小說中，至今仍擁有廣大讀者的作品，是描寫與十六、七歲時的上野音子戀愛的小說。那部小說問世後，音子在世人眼中的形象更加受創，不時被投以好奇的目光，而這無疑也妨礙了音子的婚姻。然而，二十多年過去，身爲書中人物原型的音子反倒深受衆多讀者喜愛，這又是怎麼回事呢？

與其說小說的人物原型音子本人受讀者「喜愛」，毋寧是小說裡的少女音子備受鍾愛更爲確切。那不是音子在講述自己，而是大木加入作家的想像和虛構所寫下的故事。當然也經過一番美化。但就算排除了這些，大木筆下的音子，與訴說自己故事的音子，哪一個才是眞實的音子呢？恐怕也無從分辨。

然而，小說裡的少女的確是音子。倘若大木沒有和音子談戀愛，那麼小說也就不會存在。二十多年來，這部小說之所以仍擁有廣大的讀者，顯然全是拜音子之賜。要是當初沒邂逅少女音子，他這一生中便不會有這段戀情。三十一歲的大木與音子結識，雙雙墜入情網，究竟是命運呢？抑或天賜？再怎麼想也想不明白，但無庸置疑，這爲大木的作家之路帶來幸運的開端。

大木將小說題爲《十六、七歲的少女》。一個毫不費心思的尋常書名。然而，二十多年前，一名舊學制的女學生，年僅十六、七歲就與男人發生肉體關係，還小產，爲此一度精神失常，這一切都很不尋常。可她的對象大木並不認爲。他當然沒將這一切視爲異常來描寫，也沒對音子投以好奇的目光。就像小說那平凡無奇的書名一樣，作者率眞地將音子描寫成一名純潔又熱情的少女，努力將她的容貌、姿態、舉止鮮明表現出來。也就是說，鮮活地注入了作家青春年代的愛情。《十六、七歲的少女》長年下來仍爲廣大的讀者所喜愛，想必就是這些原因。一名年輕的有婦之夫與少女的悲戀，書中幾乎看不見道德上的反省，只一味提升美的境界。

大木與音子幽會時——

「大木先生的個性常會想這麼做對不起誰、或對哪個人不好。要是再放開一點就好了。」經音子一說，大木不禁一怔。

「我很放得開啊。現在不就是這樣嗎？」

「不，我指的不是我們的事。」

「……」

「不管什麼事，要是能再爲所欲爲些才好。」

大木一時無言以對，不禁回顧起自己平日的行徑。音子那番話，令他久久無法忘懷。他感覺到這名十六歲的少女之所以看穿了他的個性和生活，都是出於那雙愛的眼神。大木向來恣意而行，但與音子分手後，每當在意別人的想法時，總會想起音子這句話。想起說這句話時的音子。

也許音子感到大木是因爲她那句話才停下了愛撫的手，便將臉貼上大木的手臂。她不發一語，輕輕含住大木的手肘內側，然後使勁咬下。大木強忍疼痛，沒移開手臂。音子的淚水沾溼大木的手臂。

「好痛。」大木說著，揪住音子的頭髮，將她拉開。大木手臂上留下音子的齒印。上頭微微滲血。音子舔舐著傷口說「你也咬我」。大木凝望著音子的手臂，從指尖一路撫向肩膀，音子的手臂帶有十足的少女韻味。他吻向音子的肩膀。音子怕癢，身子微微一扭。

大木寫《十六、七歲的少女》，並不是遵照音子說的「不管什麼事，要是能再爲所欲爲些才好」這句話去做，但他在寫作的同時，常會想起音子說的話。《十六、七歲的少女》是與音子分手後兩年才完稿成書。當時音子已隨母親遷往京都定居。音子的母親知道大木有妻兒後，一度低頭請求他與音子結婚，卻得不到大木的答覆，這才離開東京。想必是難以承受獨生女和身爲母親的痛苦和悲戚吧。在京都的音子和母親，是以怎樣的心情閱讀大木的《十六、七歲的少女》呢？這部以音子爲人物原型的小說，此後成了大木的成名作，書迷愈來愈多，她們又是如何看待？世人當然不會去查探年輕作家小說裡的人物原型。人們知道《十六、七歲的少女》的人物原型是音子時，大木已年過五十，在文學圈據有一席之地，經人調查其過往後此事方曝光。但那是音子母親過世後的事了。這時，音子也已成爲京都的女畫家，以至於這位人物原型更加廣爲人知。還有雜誌打著《十六、七歲的少女》人物原型的名號，刊出音子的照片。大木推測，音子不可能會同意被視作人物原型拍照，想必是在沒事先知會下，擅自刊出她以畫家身分拍攝的照片。音子自然不會向報章雜誌吐露身爲小說人物原型的感覺。《十六、七歲的少女》問世時，音子和母親也從未對大木說過什麼。

倒是在大木家裡引發不小的風波。這也是理所當然。大木的妻子文子，婚前在通訊社擔任日文打字員。大木一律將原稿交給新婚妻子打字。這也算是新婚燕爾的娛樂、情愛的遊戲，但並非只是如此。大木的作品初次在雜誌上發表時，他發現手稿與那小小的鉛字印刷，兩者的效果和給人的印象截然不同，令他大感驚奇。但寫慣了之後，當他手寫原稿時，很自然就知道鉛字印刷的效果。他並非在寫作時刻意想著這樣的效果，而是儘管完全不去想，印刷和原稿之間的落差仍消弭於無形。因爲他已能寫出不是讀原稿，而是以鉛字印刷來閱讀的文字。讀原稿時覺得無趣、沒勁的段落，一旦印成鉛字，則顯得有模有樣。或許是掌握了職業的訣竅吧。大木常對初寫小說的新人說：

「同人雜誌或任何刊物都好，總之，試著將你寫的文字轉換成鉛字看看吧。你會發現與原稿存在著很大的差異，而從中明白許多事，對此大感意外喔。」

他現在發表的形式採鉛字印刷。但有時也會感受到與之相反的驚奇。例如大木過去讀《源氏物語》都是採用注釋本或小型文庫本，也就是現今這種密密麻麻的鉛字印刷本，但某天，他閱讀北村季吟的《湖月抄》木刻版本時，卻得到完全不同的感受。他不禁思索，要是上溯至更久遠以前，以平安朝時代美麗的假名手抄本閱讀，又會是怎樣的感受呢？此外，在現代，《源氏物語》雖是千年前的古典作品，在平安朝時代仍算是現代小說。不論《源氏物語》的研究再怎麼精進，也無法將它視為現代小說來讀。儘管如此，比起閱讀鉛字印刷本，閱讀木刻版本更為迷人。高野切的《古今集》裡的和歌，想必也是如此。就連後世的井原西鶴作品，大木也極力挑選元祿時代木刻版本（複製本也無妨）來讀。他不是基於懷舊的趣味，而是為了更進一步接觸作品的原始面貌。然而當代之作，若刻意閱讀複製後的手稿不過是附庸風雅罷了，一般都是讀鉛字印刷本，而非索然無味的手稿。

與文子結婚時，大木的手稿與鉛字印刷稿已無多大差別，但妻子是打字員，所以還是會拿原稿讓她打字。打字的原稿應該比手稿更接近鉛字印刷吧。現今的西洋原稿幾乎都是直接打字而成，或是重新打字謄稿，如此一想，他也有了試一試的念頭。或許是還看不慣，大木打成日文字的小說，比起鉛字印刷和手稿更來得索然無味。但也因爲這樣，他似乎更容易看出自己的缺點，更容易進行修訂。就這樣，大木的原稿全交由文子打字，已成了習慣。

《十六、七歲的少女》的原稿該如何處理，卻牴觸了這個習慣。交給妻子打字，會帶給她痛苦和屈辱，同時也過於殘酷。音子十六歲時，妻子二十三歲，獨自產下兒子。她當然已察覺丈夫和音子的戀情，曾經深夜背著嬰兒在鐵軌上徘徊。晃了兩個小時後返家，卻不進屋，就這樣倚著庭院裡的一株老梅樹。出外遍尋妻兒的大木在進門時，聽到嚶嚶哭泣的聲音，這才發現文子。

「妳這是幹什麼？孩子會感冒的。」

三月中旬的天氣還很寒冷。孩子果眞感冒了。因輕微肺炎住院。文子也陪在院內照顧。

「這孩子要是死了，你和我離婚可就容易多了。」文子說。但大木還是趁妻子不在家，去和音子幽會。嬰兒最後保住一命。

十七歲的音子小產一事，文子是從音子母親打醫院寄來的信上得知。十七歲早產其實不足爲奇，但文子相當震驚，她萬萬沒想到丈夫居然讓一名少女受這樣的苦，不住咒罵丈夫是惡魔，愈罵愈激動，最後還咬了舌頭。大木見鮮血從妻子脣間流出，急忙扳開她的嘴，伸手探入口中。文子似乎喘不過氣來，一陣噁心，全身癱軟。大木抽出手。手指上留有妻子的齒痕，鮮血直流。妻子見狀，這才稍微平靜下來，幫大木清洗手指，抹上止血藥膏，纏上繃帶。

文子也知道音子與大木分手，和母親一同移居京都的事。《十六、七歲的少女》一書是在那之後寫成。將這本書交由文子打字，形同讓她嫉妒與苦惱的傷疤再度流血，但要是唯獨這本書不交由妻子打字，又像是瞞著妻子「祕密出版」。大木猶豫良久，最後還是咬著牙，將原稿交給妻子。這同時也抱著向妻子告白一切的心思。文子在打字前，似乎已從頭讀過一遍。她不可能不這麼做。

「當初要是和你離婚就好了。爲什麼我不和你離婚呢？」文子臉色慘白說道：「讀了這本書的人，都會同情音子小姐。」

「我不太想寫妳的事。」

「我怎麼能和你理想的女人相提並論呢。」

「我不是這個意思。」

「我只會因醜陋的嫉妒而發狂。」

「音子的事已經過去了。妳是今後要和我長久生活的人。但書裡的音子小姐，加了許多創作者虛構的成分，與眞實的音子小姐並不一樣。舉例來說，音子發瘋那時的事，我根本完全不知情。」

「那些虛構的成分，就是你的愛情。」

「若非如此，我就寫不出這本書了。」大木坦然說道：「妳願意打字嗎？我想肯定很痛苦……」

「我要打。因爲打字員是機器。是機器在驅使我。」

儘管文子說自己要成爲「機器」，但當然不可能完全化身爲機器。她似乎不時會打錯字，大木經常聽到她撕碎打字紙的聲音。有時還會停下工作，暗自啜泣，或是激動作嘔。在這狹小的屋子裡，那間連書房都稱不上，僅六張榻榻米大的簡陋房間，隔壁是四張半榻榻米大的起居室，打字機就安放在角落。大木在這六張榻榻米大的書房裡，很清楚文子的一舉一動，因而無法靜下心伏案寫作。

然而，文子對《十六、七歲的少女》沒再多說一句話。也許當自己是「機器」後就不願開口了吧。《十六、七歲的少女》寫在一頁四百字的稿紙上，是約莫三百五十頁的長篇小說。文子雖長期擔任打字員，過去一直負責替大木的原稿打字，這次卻似乎多花了幾天。眼看她面如白蠟，兩頰日漸憔悴。雙眼不時微微上挑，凝望著遠處發愣。恍如執著於什麼信念似的，終日面對打字機。一日晚餐前，她嘔出黃水，虛弱地趴伏在桌上。大木來到文子身後，輕撫她的背。

「水，給我水。」文子呻吟道。她眼眶泛紅，噙滿淚水。

「是我的錯。看來，這部小說不該讓妳打字。」大木說：「但要我瞞著妳出版又覺得……」這種事，即使不至於讓夫妻倆婚姻破裂，一輩子恐怕也會留下難以癒合的傷疤。

「不管再怎麼痛苦，你肯讓我打字，我都很感激。」文子也極力擠出一絲柔弱的笑容。「還是頭一次打這麼長的小說，一定是累了。」

「小說愈長，文字對妳的折磨也愈長。這或許是身爲小說家妻子躲不開的命運。」

「我因爲你這部小說，而對音子小姐有了更深刻的了解。雖然折磨得我死去活來，但我同時覺得你遇見音子小姐，對你也是一種助益。」

「我不是說過，我刻意將音子寫得較理想化。」

「這我明白。現實中沒有這樣的少女。但我還是希望你能多提到我一些。就算描寫成因嫉妒而發狂、如夜叉般的惡妻也無妨。」

大木不知如何回答，只回了一句：「文子，妳不是那樣可怕的妻子。」

「你根本不清楚我的想法。」

「不，我不想揭露家裡的隱私。」

「騙人。你對年輕的音子小姐無比迷戀，只想寫她的事。要是也寫了我，就會玷汙音子小姐的美，讓這部小說變得低俗，你是這麼想的吧？可是，小說非得如此唯美不可嗎？」

沒將因嫉妒而狂亂的妻子寫進小說，卻又引發妻子另一番嫉妒。大木並不想寫文子的嫉妒。正因爲是簡潔的描寫，才更強烈地說明了一切。文子似乎爲自己沒被詳盡寫入小說而備感不甘。大木對於妻子的這種心理，著實無法理解。也許她覺得比起音子，自身的存在受到了輕慢、或是近乎漠視般的對待吧。《十六、七歲的少女》是描寫大木與音子這段悲戀的小說，所以不像音子那樣對妻子著墨太多，也是理所當然的事。此外，作者虛構的成分雖不少，卻也寫了許多過去瞞著妻子的事實。大木起初更怕妻子知道這些事，但妻子只覺得描寫自己的內容太少，並爲此傷心。

「我不想藉由妳的嫉妒來描寫音子。」大木說。

「其實是因爲你對我沒有愛……甚至連憎恨也沒有，才寫不出來吧。我一邊打字，就愈感懊悔，當初爲什麼沒和你離婚。」

「又說傻話了。」

「我是認眞的。沒和你離婚，是我嚴重的罪過。難道我這輩子都得背負這樣的罪過嗎？」

「妳到底在說什麼？」大木一把抓住文子的肩頭搖撼著。文子的胸脯一陣起伏，再度一臉痛苦地嘔出黃水。大木鬆開手。

「……」

「沒事的。我、我可能是害喜。」

「啊！」

大木爲之一驚。文子雙手掩面，放聲哭泣。

「這樣的話，得多愛惜身體才行。就別再打字了吧。」

「不，我要打。請讓我打。剩下不多了，而且這種事只動手就行。」

文子執拗地不聽大木的話。打完字過了五、六天，文子流產了。想必不是因爲打字，而是打字的內容在她內心重重一擊。大木請女醫師來家裡診治，文子正在靜養，簡單綁成辮子的頭髮看來稍顯稀疏。文子原本有一頭濃密柔順的直髮。她只抹上淡淡的口紅，雙頰毫無血色，由於脂粉未施，露出了細緻的肌膚。流產對年輕的文子並無太大的危害。

但是，大木將《十六、七歲的少女》原封不動放進文件盒裡。雖然沒撕碎或燒燬，卻也沒再看過，就這樣擺著。兩個生命為了這部小說而葬送。音子的小產和文子的流產，都不太吉利吧？夫婦倆也好一陣子絕口不提這件事。後來，還是文子先開口。

「你為什麼不將那部小說拿出來？是因為對我過意不去？和小說家結婚，會遇上這種情形也是沒辦法的事。況且，真要說對誰過意不去，那也是對音子小姐吧。」文子如此說道。她流產後已恢復健康，肌膚看起來甚至更為光澤透亮。這就是年輕的奇妙之處嗎？而和之前相比，那懂得向丈夫索愛的女人，也正逐漸覺醒。

《十六、七歲的少女》出版時，文子又有了身孕。

《十六、七歲的少女》備受評論家的讚譽，並獲得眾多讀者喜愛。文子並未遺忘嫉妒和痛苦，但她既沒說，也沒流露在臉上，只是為丈夫的成功而喜悅。在大木的小說中，至今仍暢銷不輟的便是年輕時的代表作《十六、七歲的少女》。這部小說不光是改善大木一家的生計，也供文子添置新衣或飾品，甚至補貼兒女的教育費。現在，文子已幾乎不會苦惱於這一切都是來自音子這位少女，以及少女與丈夫的那場悲戀。她多半認為這是丈夫應得的收入。至少在文子心中，音子與丈夫昔日的那場悲戀已不再是悲劇了吧。

儘管大木絕不會存心違抗這一切，但有時仍不免心想，《十六、七歲的少女》的人物原型音子，對大木幾近無償的付出。對於被寫進小說裡，音子終究沒對大木說些什麼。音子的母親也未曾抱怨。這是由語言和文字構成的小說，比起繪畫或雕刻這種寫實的紀念更能深入音子的內心世界，容貌也是照著大木的喜好，再加上想像、虛構、美化所建構而成，但那的的確確是音子，無可置疑。大木盡情揮灑年輕時愛戀的熱情，並未考慮到對音子本身、以及對未婚的她所帶來的困擾。這或許深深吸引著讀者，卻也許會阻礙音子的姻緣。大木藉由《十六、七歲的少女》名利雙收。文子的嫉妒似乎也得到排解，創傷得以撫平。被迫與大木分手的音子小產、大木之妻文子流產，兩者的情況並不一樣。果眞如世人所說，流產後很快又會懷孕，文子就順利生下了女兒。而始終不變的只有小說《十六、七歲的少女》，歲月就此流逝。當初沒將文子那嫉妒的狂態強行寫進小說，從家庭這世俗的層面來看，還眞是做對了。的確，作爲一部小說，或可說是《十六、七歲的少女》不足之處，但也使得這部小說更容易閱讀，讀者也更爲鍾愛小說裡的音子。

如今時隔二十多年，談及大木的代表作，還是這部《十六、七歲的少女》。身爲一名小說家，大木對此似乎頗感鬱悶。

「眞不爭氣啊。」有時雖孤身一人略感落寞，但換個角度想，癥結還是那其中的青春熾烈情感吧。況且，世人愛好受長年以來一貫的評價所支撐，即便作者抗議也難以撼動。作品彷彿已脫離作者活了起來。但是，十六、七歲的少女音子後來怎麼樣了呢？大木不時掛懷。

只知道她被母親帶往京都。大木在意音子的下落，也可說是因爲小說《十六、七歲的少女》活躍至今的緣故。

音子以畫家的身分揚名，是這幾年的事。先前兩人毫無書信往來。大木本以爲音子已走入平凡的婚姻，過著平凡的日子，他抱著這樣的期望。但有時大木也會反思，以音子的個性，她無法過平凡的生活，可能是因爲自己對她還存有一分依戀吧。

所以，當得知音子已成爲畫家，對大木帶來莫大的衝擊。

在那之後，音子經歷了怎樣的痛苦，克服怎樣的煩惱，這才得以成爲一名畫家，大木一無所悉，但他感到一股爲之戰慄的喜悅。在百貨公司的畫廊裡偶然見到音子的畫時，他胸中一陣悸動。那並不是音子的個展，而是衆多畫家展售的畫作中有一幅音子的畫。畫的是牡丹。畫布上方只畫了一朵紅牡丹。花朵朝正面，比眞花大。葉片稀落，底部有一顆白色花蕾。從那朵大得不自然的牡丹花，大木看出了音子的韻味和氣質。大木立即掏錢買下這幅畫，但上頭有音子的落款，不便帶回家，便捐贈給小說家俱樂部。在俱樂部的牆上高高掛上這幅畫，與在熙攘的百貨公司裡欣賞時印象不大相同。那大朵的紅牡丹妖異地從深處散發出孤獨的光芒。也是那時，他從婦女雜誌上看到了音子在畫室裡的照片。

想在京都聽除夕鐘聲，是大木多年來的心願，但想和音子一起聽，卻是受到這幅牡丹畫的誘惑。

北鎌倉又稱「山之內」，在南北山丘間有路相通，花木繁多。今年也一樣，路旁的百花會告知春天到來的消息。從北丘散步至南丘，已是大木的習慣。他會從南丘的高處遠眺紫色的晚霞。

晚霞的紫很快便消逝，轉爲沉浸在灰色中的冰冷藏青色。初來乍到的春意，彷彿又歸返寒冬。將薄霧染成桃紅的太陽已經沉落了吧。肌膚忽感寒意。大木從南丘走下山谷，回到北丘的住家。

「京都來了一位姓坂見的年輕小姐。」文子說：「帶來兩幅畫和麩嘉的生麩伴手禮。」

「回去了嗎？」

「太一郎送她回去了。也許是去找你了。」

「是嗎？」

「那位小姐美得教人吃驚。她是誰？」妻子的目光緊盯著大木，窺探他的神情。大木極力佯作若無其事，但妻子似乎憑藉女人的敏銳，已察覺到女孩肯定與上野音子有關係。

「畫放在哪裡？」大木問。

「在書房。就那樣包著，我沒拆開看。」

「是嗎?」

坂見慶子遵守先前在京都車站爲大木送行時的約定，特地送畫過來。大木快步走進書房，解開包裝。共兩幅畫，都已簡單裱框。其中一幅是「梅」。雖說是梅，但那單一朵花畫得與嬰兒的臉龐一般大，既無枝椏也無樹幹。花上帶有紅白兩色花瓣，其中紅色花瓣透著濃淡不一的紅，著實奇妙。

這朵大梅花的姿態並未扭曲變形，卻也毫無圖案般的印象。仿如妖異的靈魂在搖動。眞的像會動似的。或許也是背景使然。大木起初將背景看作厚冰的碎片層層堆疊而成，但仔細一瞧，又像是層巒疊嶂的雪山。畢竟不是寫實畫，所以要說是厚冰或雪山都無所謂，但要讓人感受到磅礴之感，那就非得是雪山不可。這般銳利如刀刻，且愈往深處愈窄的山脈，自然不存在這世上，但這就是抽象風格。既非雪山，也非厚冰，該說是慶子的心象吧。就算是層峰相連的雪山，那也非冰雪的白。雪的冷冽與溫暖之感交織成音樂。同樣不是淸一色的雪白，各種各樣的顏色像在唱歌般。與一朵梅花中花瓣紅白兩色的變化一樣，當覺得它是冰冷的，它就透著冰冷，若感覺它是溫暖的，它就洋溢溫暖。總之，畫家年輕的情感全從梅花裡浮現出來。想必是坂見慶子應合季節，特意爲大木畫下這幅畫。因爲看得出是梅花，所以應該稱之爲半抽象畫吧。

邊欣賞這幅畫，大木想起庭院裡的那株老梅。園藝師傅說那是殘缺梅、畸形梅，所以大木也認定是這麼回事，光聽園藝師傅那一知半解的植物學知識便信以爲眞，未曾試著調查。那株老梅綻放出白花與紅花。這並非嫁接，而是一根枝椏上交雜著開出紅梅與白梅。並非每根樹枝都是如此，有的只長白梅，有的只長紅梅。但是，多數小枝椏是紅花與白花交雜綻放，而且混雜盛開的景象不見得每年只在同樣的枝椏上出現。大木很鍾愛這株老梅。老梅此刻正含苞待放。

坂見慶子的畫，無疑是以這朵梅花來象徵這株神奇的梅樹。想必她曾經從音子口中聽聞這株老梅的事。上野音子十六、七歲時，並未來到當時已與文子結婚的大木家中，但她曾聽聞這株老梅樹，儘管大木可能早忘了提過此事，但音子還是記得吧。而音子又告訴了女弟子慶子。

既然說起梅樹，是否也順帶坦承了那段哀傷的戀情呢？

「那是音子小姐的……？」

「咦？」大木回身而望。一時觀畫太入神，沒察覺妻子已來到身後。

「是音子小姐的畫吧？」妻子問。

「不是。她畫不出這麼年輕的畫。是剛才那位小姐的畫。落款不就寫著一個『慶』字嗎？」

「好怪的畫。」文子的聲音顯得有點僵硬。

「很怪啊。」大木竭力柔聲回應。「現在的年輕人連日本畫也畫成這樣。」

「這就是抽象派嗎？」

「或許還稱不上抽象派，可是，也算是吧……」

「另一幅更怪。也不知是魚還是雲，使用這麼多顏色隨興作畫，有這種畫嗎？」文子朝大木的斜後方跪坐下來。

「嗯。魚和雲可差遠了。可能既不是魚，也不是雲。」

「不然畫的是什麼？」

「既然看起來像魚或是雲，也許這樣就行了。」

大木的目光移向那幅畫。他俯身去看靠在牆上的畫框後方。

「《無題》。上面寫著《無題》。」

這幅畫沒有實際的形體，比「梅」運用更多強烈的色彩。也許是因爲畫了許多橫線，文子才勉強解釋成魚或雲。乍看之下，顏色似乎不太調諧。但作爲日本畫，的確已捕捉到熱情。當然，這絕非胡來的信手塗鴉。《無題》反而可理解爲各種含意，表面上看似暗藏畫家的主觀意念，也許反而得以清楚顯現。正當大木聚精會神，思索這幅畫的核心爲何時，妻子忽然開口：

「那個人和音子小姐是什麼關係？」

「是她的入室弟子。」大木答道。

「是嗎。能讓我撕毀這幅畫，一把火燒了嗎？」

「別胡說。怎可如此無理取鬧……」

「這兩幅都是用心描繪音子小姐的畫。不能放在家裡。」

大木大感意外，對女人突然襲來的嫉妒的閃電深感驚詫。但還是冷靜地說：

「爲什麼說是描繪音子小姐的畫呢？」

「你看不出來嗎？」

「這是妳的妄念。是妳疑神疑鬼。」大木如此應道，心底不由亮起一團小小的火球，彷彿行將燃開。

那幅《梅》愈看愈像是在表現音子對大木的愛。《無題》也愈看愈像是暗藏了音子對大木的愛。這麼一來，《無題》使用的是礦物顏料。畫的中央到偏左下部，用上濃重的礦物顏料，並加入滲透手法[7]。在畫中暈染處，一處像窗戶般特別明亮的地方，從那裡似乎可窺見

7／ 日本傳統繪畫技法。透過控制水墨濃淡、水含量等，使顏料在畫紙上自然地滲透或滑動交融，形成獨特的視覺效果。這種技法能夠創造出豐富的層次和柔和的過渡，表現出自然流暢的畫面。

這幅畫的靈魂。幾乎讓人深信那是音子對大木未逝的愛。

「可是，這兩幅畫不是音子畫的，是她的女弟子畫的。」

文子似乎先前就已懷疑大木在京都和音子一起聽除夕鐘聲，但那時她什麼也沒說。也許是因爲大木在元旦當天就返家。

「總之，我不喜歡這些畫。」文子繃緊眼皮。「不能掛在家裡。」

「先不管妳喜不喜歡，這可是畫家的作品。就算是年輕的女畫家，隨意損毀作品恰當嗎？首先，人家到底是要送來家裡，抑或只是讓我們稍作欣賞，妳明白嗎？」

文子答不出話來。

「是太一郎開門接待的……應該是送那小姐去了車站。可送到北鎌倉車站，也未免去太久了。」

可能此事也令文子感到焦躁。畢竟車站在附近，而且每隔十五分鐘就有一班電車。

「該不會這次換太一郎被誘惑了吧？那女孩美得像有妖氣似的。」

大木將兩幅畫放回原位疊放，慢慢重新包好。「別說什麼誘惑。我討厭誘惑這種說法。既然是那麼漂亮的小姐，說不定畫的正是她自己，是基於少女的顧影自憐……」

「不，這畫的就是音子小姐。」

「嗯，假若如此，那麼也許畫中所表現的正是她和音子之間的同性戀呢。」

「同性戀？」文子大感意外。「她們兩人是同性戀？」

「我不知道。但是，即使是同性戀也不足爲奇。畢竟兩人同住在京都的古寺，又都是瘋狂激烈的性格。」

提及同性戀，明顯是要讓文子陷入困惑。文子沉默半晌。

「我認爲，就算她們是同性戀，那幅畫可能也是在畫音子小姐對你無法抹滅的愛情。」文子的口吻相當平靜。大木方才爲了在文子面前掩飾自己的尷尬，情急之下居然脫口說出同性戀。他對這樣的行徑感到羞愧。

「妳和我所說的，恐怕都是妄想。因爲我們兩人都是抱著成見看畫……」

「既然這樣，那就別畫這種莫名其妙的畫不就好了。」

「嗯。」

無論怎樣寫實的畫，都能表現出畫家內心的情感和意圖。但大木此刻不想再和妻子爭論下去。他膽怯了。文子對慶子的畫所抱持的第一印象，說不定才是正確的。而大木不經意提到「同性戀」的印象，說不定也是正確的。大木如此暗忖。

文子走出書房。大木靜靜等候兒子太一郎返家。

太一郎在一所私立大學擔任國文系講師。沒課的日子，不是去學校的研究室，就是在家讀書。他本人最初的研究志向是明治以後的「現代文學」，但因父親反對轉而研究鎌倉、室町文學。他通曉英、法、德三國語言，身爲國文學者，應是很大的強項。儘管是個優秀的青年，卻予人溫和近乎憂鬱的氣質。比起妹妹組子，對西式裁縫、飾品、插花、針織等什麼都學，但樣樣不精，個性灑脫開朗，和太一郎可說是個性全然相反。就算組子開口邀太一郎去溜冰或打網球，太一郎也懶得搭理，看在妹妹眼中，就是個十足的怪人。也從不和妹妹的女性友人往來。他會請學生到家裡，但一概不向妹妹引介。即使組子有時因母親文子在家中親切招待太一郎的學生而噘嘴生氣，他也毫不放在心上。

「就算是太一郎的客人來，也只是讓女傭端上茶水。換作組子的客人來，可是一路從冰箱往櫥櫃翻，還打電話訂壽司招待，熱鬧極了……」聽母親這麼一說，組子差點伸舌頭做了個鬼臉。「因爲會來找哥哥的，都是他的學生嘛。」

組子婚後，與丈夫一同前往倫敦，一年只捎來兩、三封信。太一郎當然還無法出外自立，也沒說過結婚的事。

但這次太一郎送坂見慶子出門，遲遲未歸，連大木也不免擔心起來。

大木隔著玻璃門，望向書房那扇小小的後窗。戰爭時造防空壕而掘出的黃土高高堆在山腳下，現已覆滿荒草。在這片荒草中開滿了紫藍色的花。雜草毫不顯眼，幾乎看不見。而花雖小，那濃重的紫藍色卻相當鮮豔。除了瑞香外，這種紫藍色的花在大木的庭院裡開得最早，而且花期頗長。那是什麼花呢？雖然還稱不上是告知春天到來的花，但就長在書房後窗附近，大木常想摘起那小小的花來仔細欣賞一番，可他卻從沒走進後院。正因如此，對這紫藍色的花反而多了一分憐愛。

過沒多久，草叢裡的蒲公英也開花了。蒲公英的花期也很長。已是日暮時分，蒲公英花的黃色和那小花的紫藍色，仍殘存於薄暮中。大木靜靜凝望良久。

太一郎還沒回來。

滿月祭

上野音子帶著女弟子坂見慶子前往鞍馬山參拜「五月的滿月祭」。這裡的「五月」是陽曆，滿月指的當然是「陰曆」。前一天晚上，月亮升上東山明朗的夜空。

「看來，明天也會是漂亮的月夜。」音子在外廊望著明月，叫喚慶子前來。滿月祭時，參拜者會讓滿月映照在杯裡的酒面，伴月而飲，要是陰天而看不見明月，可就乏味極了。

慶子也來到外廊，一手輕輕搭在音子背上。

「五月的明月。」音子說。慶子沒答腔，沉默了片刻。

「老師，接下來您要前往東山車道，還是往大津走，去欣賞映在琵琶湖裡的明月呢？」音子說。

「琵琶湖的明月是吧？可沒什麼奇特的。」

「比起映照在大湖上的明月，您還比較喜歡映在酒杯裡的明月是嗎？」慶子邊問，坐向音子腳邊。

「老師，這庭院的顏色可眞有趣。」

「會嗎？」音子也低頭望向庭院。「慶子，請幫我拿坐墊來，順便熄了房內的燈……」

坐向外廊後，被寺院的僧侶住所阻擋視線，從這處別房只看得見中庭。一座平凡無奇的庭院。但這座橫長形的庭院，幾乎一半籠罩在月光下。踏腳石也在月光和陰影下呈現不同的顏色。白色的杜鵑在陰影下綻放，浮動眼前。儘管時序已邁入五月，但楓葉依舊紅豔，離外廊不遠，在夜色下顯得暗沉。春天時，好幾名客人將這紅豔的楓樹新芽誤以爲是花，開口便問「是什麼花呀」。庭園裡長滿了檜葉金髮蘚。

「我來沏壺新茶吧。」慶子說。慶子心想，音子爲何要凝望著這座平凡無奇的庭院呢？自己住處的庭院，日夜朝夕也早看慣了。音子微微低頭，靜靜望向月光照耀下的半邊庭院，似乎若有所思。

慶子返回外廊，一面沏茶一面問道：

「老師，據說羅丹的《吻》的模特兒活到了八十多歲呢。我從書上看來的，腦中一想到那尊雕刻，就覺得難以想像。」

「會嗎？因爲妳還年輕，所以才這麼說。沒必要只因爲在表現青春的名作中當過模特兒，就非得在青春時死去吧？是去窺探作品原型的人不對。」

慶子驀然想起，也許她這番不經心的話，讓音子想起大木年雄的《十六、七歲的少女》，不禁心下一凜。然而四十歲的音子還是很美。慶子若無其事接著說道：

「當我從書上看到關於《吻》的人物原型時，我心想，也要趁還年輕時請老師畫張像。」

「我畫得出來就好了。倒是慶子試著幫自己畫一幅自畫像如何？」

「我怎麼行呢……我連輪廓都掌握不好，就算要畫，也只會流露出內心醜惡的一面，成了一幅可憎的畫。而且，若只在自畫像上使用寫實手法，不免讓世間議論這人可眞自我陶醉。」

「自畫像果然還是想畫成寫實風格嗎？眞是矛盾。妳還年輕，不知今後會有怎樣的變化……」

「我想要老師來畫。」

「我畫得出來就好了。」音子又說了一遍。

「是因爲老師的愛消退了嗎？還是說，您怕我呢？」慶子的聲音變得尖銳。「要是男畫家都會樂意畫我的，就算裸體也……」

「好了……」面對慶子的抗議，音子倒是不顯得驚訝。

「既然妳都這麼說了，我就畫畫看吧。」

「哎呀，我太高興了。」

「不能裸體喔。女人畫女人的裸體，可沒什麼趣味。尤其是我這樣的日本畫。」

「若是我畫自畫像，就畫我和老師在一起的樣子。」慶子撒嬌似的說道。

「怎樣的構圖能讓兩人在一起呢？」

慶子一臉神祕地抿嘴而笑。「要是老師畫我，我的畫就以抽象手法呈現，讓別人看不出來……您不必擔心。」

「我可不操心這些。」音子啜了口芳香的新茶。

這是音子到宇治田原的湯屋谷茶園寫生時要來的新茶。採茶時節初臨，卻未將採茶姑娘納入畫中。畫面中滿是高低交疊的圓形茶樹。音子連日來此作畫，畫了好幾幅。隨著時間不同，茶樹田壟上餘下的陰影也不同。慶子也跟著音子前來。

「老師，這是抽象畫吧？」慶子問。

「倘若慶子來畫自然是。但以我而言，全用綠色的作品只能說風格較大膽，新綠與舊綠交雜，使其柔軟的圓形波浪和色彩變化取得協調，這樣就夠了。」

以這衆多的寫生爲基礎的底稿，她已在畫室完成。

但是，音子之所以想畫宇治湯屋谷的茶園，並不全然是出於那綠波浪的濃淡色彩，抑或線條起伏的樂趣。昔日與大木年雄的戀情以失敗收場，偕母親一同避往京都，幾度往返於東京和京都時，留存在音子心中的就是從火車車窗望見的靜岡茶園。有時是正午時分的茶園，有時是向晚時分的茶園。那時還是女學生的音子，自然沒有當畫家的打算，她就只是望著茶園的景致，感覺到被迫與大木分手的悲傷不斷向她襲來。東海道沿線有山、有海、有湖泊，連浮雲也隨著時間染上感傷的色彩，何以這不起眼的茶園卻能打動音子的心？也許是茶園那沉鬱的綠，以及日暮的茶園田壟上陰沉的暗影，深深滲進音子心中。而且，那並非自然的茶園，而是人工栽植的小茶園，田壟的暗影顯得格外濃重。此外，成群的圓形茶樹看似溫馴的綠色羊群，離開東京前便已深陷哀傷的音子，或許來到靜岡一帶，那份哀傷達到了頂點。

看到宇治湯屋谷的茶園時，喚醒了音子心中的哀傷。於是她多次前來寫生。連女弟子慶子也沒察覺音子的哀傷。而當音子走進長出新芽的茶園一看，從東海道的車窗往外所見的茶園，不帶半點陰鬱之色，雖極具日本風情，但鮮綠的新芽無比明朗。

慶子讀過《十六、七歲的少女》，也在音子坦露的枕邊細語中聽聞大木的事，因而對兩人昔日往事知之甚詳，但想必連她也沒察覺，茶園的寫生中暗藏著音子對已逝情愛的哀傷。跟隨前來茶園寫生的慶子，見成群的茶樹交疊，呈現出柔和渾圓的抽象風格線條，芳心大悅，一連畫了幾張寫生後，便漸漸脫離寫實畫風。音子看了她的素描後不由笑了。

「老師，您一律畫成綠色吧。」慶子說。

「是啊。既是採茶時節的茶園畫，要表現出綠色的變化和協調。」

「我正考慮該用紅色好、還是紫色好。就算乍見之下看不出是茶園，那也無妨。」

慶子的畫稿也立在畫室裡。

「這新茶真不錯。慶子，幫我重沏一壺。要採抽象派風格喔。」音子笑著說道。

「抽象派……？那我就沏一壺苦得讓您難以下嚥的茶吧。」

「那就是抽象派嗎？」

慶子在屋裡嫣然一笑。

「慶子，妳回東京時，順道去了那個人在北鎌倉的家裡吧？」音子忽然轉成略顯冷淡的語氣。

「是的。」

「爲什麼？」

「新年時我送大木老師去京都車站，他說想看我的畫，讓我送去給他。」

「……」

「老師，我想爲您復仇。」說這話的慶子，語氣冰冷又沉靜。

「復仇？」慶子這番意想不到的話，令音子大感驚訝，又問：「妳說復仇？是爲了我嗎？」

「是的。」

「慶子，來，妳坐這兒。就喝著妳沏的這杯抽象派風格、又苦又濃的新茶，我們好好談談吧。」

慶子不發一語，依言跪坐，緊抵著音子膝頭。接著拿起煎茶的茶碗。

「哎呀，可眞苦。」她蹙起秀眉。「我重沏一壺吧。」

「不必了。」音子按住慶子的膝蓋。

「妳說復仇，到底是怎樣的復仇？」

「您不是早知道嗎。」

「我從沒想過要復仇。心中沒半分怨恨。」

「因爲您至今仍愛他……而且一輩子都會這麼愛著，無法抽身……」慶子停頓。「所以，我想爲老師復仇。」

「這是爲了什麼……？」

「也是我嫉妒啊。」

「哎呀？」

音子伸手搭向慶子的肩膀。那年輕的肩膀變得僵硬，微微顫抖。

「老師，就是這樣吧。我都懂。我不要這樣。」

「性子可眞烈呢。」音子柔聲道：「妳說的復仇是什麼？怎樣的情況？打算怎麼做？」

慶子低著頭，一動也不動。庭院裡月光灑落的範圍愈來愈大。

「爲什麼去他在北鎌倉的家？連我也瞞著……」

「我想看看讓老師如此悲傷的大木先生，究竟有個怎樣的家庭。」

「妳見到誰了？」

「只見到他兒子太一郎先生。我想，可能和他父親大木先生年輕時一模一樣吧。聽說大學畢業後就投入鎌倉、室町文學的研究。那人對我很親切，帶我去圓覺寺、建長寺，還去了江之島。」

「妳從小在東京長大，應該不覺得那些地方多稀罕吧？」

「是的。但以前只是走馬看花隨意瞧。江之島的變化眞大。緣切寺8的故事也很有意思。」

「妳說的復仇，是誘惑太一郎先生嗎？還是說，妳被他誘惑了？」音子的手從慶子肩頭移開。「這麼說來，得嫉妒的人是我嘍。」

「哎呀，老師也會嫉妒？我太開心了。」慶子伸長手臂環住音子的脖子，整個人倚向她。

「老師，對您以外的人，我能變成壞女孩，也能變成惡魔喔。」

「妳送了兩幅畫過去吧？而且，那是妳很喜歡的畫。」

「就算是壞女孩，一開始也要給人好印象啊。事後太一郎先生寫信給我，說我的畫就掛在太一郎先生的書房牆上呢。」

「是嗎？」音子語氣平靜。「這就是妳爲我展開的復仇？是復仇的開端嗎？」

「是的。」

「太一郎先生當時還年幼，對我和大木先生的事一無所知。與大木先生分手後不久，聽說太一郎先生的妹妹組子小姐便出生了，這比起太一郎先生更令我感到哀傷。如今回想，其實也就這麼回事。他妹妹應該也嫁人了吧。」

8／ 江戶時代，妻子與丈夫離婚後前往投靠的寺院。寺方會建議丈夫私下離婚，當調解不成，妻子便成入門弟子，待滿兩年後，依據寺法離婚成立。江戶幕府公認的緣切寺有鎌倉的東慶寺、群馬的滿德寺。

「那麼老師，我去破壞他妹妹的婚姻吧。」
「慶子，妳在胡說什麼。不管妳再怎麼漂亮、富有魅力，但要是隨口說出這種輕佻的玩笑話，未免過於狂妄，這也是妳危險的地方。這可不是玩遊戲或惡作劇。」
「我啊，上野老師就陪在我身旁，所以我既不覺得恐懼、也毫不迷惘。要是離開老師，我能畫出怎樣的畫呢？也許就捨棄繪畫，連同我的生命……」
「別說這麼可怕的話。」
「破壞大木老師家庭的事，老師您做不出來吧。」
「當年我只是個懵懂的女學生……況且大木先生有孩子……」
「換成是我，就會加以破壞。」
「話雖如此，但家庭可是很堅固的。」
「比藝術還堅固嗎？」
「這個嘛……」音子偏著頭，臉上浮現一抹哀愁。「我當時可沒想過什麼藝術呢。」
「老師。」慶子又轉向音子，湊上前，輕柔把玩著音子的手腕。「那您又爲何要我去都飯店迎接大木先生，還讓我送他去京都車站呢？」
「因爲妳年輕又漂亮。是我的驕傲啊。」

「老師，您連對我也隱瞞眞心嗎，眞討厭。我當時可是一直在觀察您呢，用我這嫉妒的雙眼……」

「是嗎？」音子望著慶子那雙在月光下依舊晶亮的眸子。「我可沒瞞著妳。只不過當初迫於無奈分手時，我才虛歲十七。如今已是小腹微凸的中年婦人。所以才不願和他見面，讓一切幻滅。」

「幻滅？您說幻滅？這句話該是我們說的吧。我最尊敬上野老師，所以對大木先生感到幻滅。老師留我在身邊之後，那些年輕男人我個個看不上眼，本以爲大木先生是位不平凡的人物。但見面後，我就此幻滅。從老師的回憶，還以爲他是個多出色的男人呢。」

「妳只見過他一面，不會了解的。」

「我了解。」

「怎樣了解？」

「不論是大木先生，還是他兒子太一郎先生，若要加以誘惑根本易如反掌……」

「哎，妳這人說得眞可怕。」音子胸口一緊，臉色發白。

「慶子，說這話的妳展現的自信，實在是太可怕了，對妳也不好。」

「一點都不可怕。」慶子不爲所動。

「太可怕了。」音子又重複了一遍。「這麼做簡直同妖婦沒兩樣吧？縱使妳再怎麼年輕貌美……」

「這樣就是妖婦，那麼許許多多的女人都成了妖婦。」

「是嗎？妳不就是別有居心，才將得意的畫作送去大木先生家裡？」

「不，誘惑男人可不需要畫。」

慶子那異樣的自信，令音子為之震懾。

「我是老師的弟子，所以盡可能帶了覺得不錯的畫作送去。」

「那可真感謝妳。可是，慶子只是去車站送行時簡短聊起了送畫的事，真有必要親自送去嗎？」

「既然是約定，況且也沒別的藉口去大木先生家拜訪。我也很好奇，大木先生看了我的畫之後，會露出怎樣的表情，發表怎樣的感想……」

「還好他不在家。」

「我想，他事後必然已看過畫，但多半看不懂。」

「這可難說。」

「就連小說，後來也沒能寫出比《十六、七歲的少女》更好的作品，不是嗎？」

「不對。那是因爲小說的人物原型是我，我在書中被理想化，這才讓妳另眼看待。畢竟青春小說較受年輕人喜愛。他在那之後的作品，年輕的妳並不容易理解，也可能因此才不受青睞。」

「要是現在大木先生死了，他足以流傳後世的代表作，肯定還是《十六、七歲的少女》吧。」

「別說奇怪的話了。」音子的語氣變得激烈，從慶子的手指間抽出手腕，挪開膝蓋。

「您還這麼依戀他嗎？」慶子的口吻也轉爲犀利。「我還想替您復仇呢……」

「那不是依戀。」

「愛……難不成是愛嗎？」

「或許是吧。」

音子從半籠罩在月光下的外廊站起身，走進屋內。慶子留在原地，雙手掩面。

「老師，我的獻身，也是我的生存意義啊。」她顫抖著聲音說道。「可是，像大木先生那種人……」

「妳要諒解我，那時我才十六、七歲。」

「我要爲老師復仇。」

「慶子，就算妳爲我復仇，我的愛情也不會消失啊。」

外廊傳來慶子的嗚咽聲。她縮著身子滾倒在外廊上。

「老師，請畫我……在我變成您口中的妖婦之前……拜託您，裸體也無妨。」

「我會畫的。投注我的愛情。」

「我好高興。」

音子暗藏了好幾張早產的嬰兒畫稿。她祕藏著畫稿，沒讓慶子看過。本想題爲「嬰兒升天」，繪成正統的日本畫，就此延宕了數年。她當然從圖錄上查看過西洋的聖母子像的基督和天使，但大多圓潤健壯，與音子的哀傷不甚搭調。雖也看過三、四幅類似日本的稚兒大師像[9]這種古老的名畫，畫中人物在秀麗中蘊含日本式的情感，與音子的心意相通，但畫中的大師既非嬰兒，也不是升天圖。音子在《嬰兒升天》中並未採升天的構圖，而是營造出升天的意境。只不過，這幅畫不知要多久才能完成。

慶子請音子畫她的畫像，音子便想起那遺忘許久的《嬰兒升天》的畫稿，要是試著像稚兒大師圖那樣來畫慶子會如何呢？想必會是充滿古典韻味的《聖處女像》。稚兒大師以前的畫像算是佛教畫像，但其中也有不少豔麗之作。

「慶子，我來畫妳吧。剛剛想到了構圖，打算以佛像畫的風格來表現。所以妳絕不能擺

9／　呈現弘法大師空海幼年時夢想的人像畫。

出沒規矩的態度。」音子說。

「佛像畫？」慶子似乎很吃驚，重新坐正。「我不要，老師。」

「就讓我畫畫看吧。佛像畫中還是有許多豔麗的作品，而且借用佛像畫的風格，卻命名爲《一個年輕女抽象畫家的肖像》，不也挺有意思的嗎？」

「您在調侃我吧。」

「我是認眞的。等畫完茶園之後就來畫吧。」音子轉頭望向屋內。音子和慶子的茶園草稿並排靠在牆上。上面掛著音子母親的畫像。出自音子之手。

音子的目光停在母親的肖像畫上。

肖像畫裡的母親很年輕。看起來恐怕比已四十歲的音子還年輕。或許是音子繪製這幅畫時正值三十二、三歲，便成了肖像的年紀。也可能是自然而然就將母親畫得如此年輕貌美。坂見慶子初來拜訪音子時，望著這幅畫說「是老師的自畫像吧？眞漂亮」。當時音子沒說那是母親的肖像。她想，別人果然會看作是自畫像。

音子長得很像母親。這幅肖像掌握了許多母女倆的相似處。想必是出於對亡母的一分思念。音子不知畫了幾幅母親的肖像畫。最初將母親的照片擺身邊，照著它畫。但能感受到心靈相通的畫，卻一幅也沒有。於是她決定不看照片。這麼一來，母親的幻影反倒成了模特兒，就坐在音子面前。而且與其說是幻影，不如說是更爲生動的在世姿容。音子一連畫了幾幅。她將心中滿溢的意念貫注於筆尖，下筆迅疾無滯，但不時因淚眼模糊而停筆。持續作畫中，音子察覺母親的肖像愈來愈像自己的自畫像。

此刻茶園草稿靠著的那面牆上，掛的是母親的最後一幅肖像畫。在此前繪製的母親肖像畫，音子已全數燒燬。只有這幅神似音子自畫像的作品，她作爲母親的肖像畫保留了下來，音子覺得，這一幅就夠了。別人所看不出的哀傷，存在於凝望著這幅畫的音子眼中。這幅畫與音子心靈相通。音子不知花費多少時間，才畫成這幅肖像畫。

除了這幅肖像畫外，音子至今從未畫過人物畫。就算畫了，也只是風景畫的點綴罷了。而今晚她驀然湧現畫人物畫的念頭，是因爲慶子開口央求。長久以來音子並未將想畫的「嬰兒升天」視爲人物畫。但是，想爲慶子繪製肖像時，腦中卻浮現稚兒大師的畫像，因而想畫成古典風格的「聖處女像」，也許還是「嬰兒升天」仍惦記在音子心底。既然畫了母親的肖像，又想畫自己失去的嬰兒，那麼連入門弟子坂見慶子一起畫也不爲過。這不正是音子的三種愛嗎？儘管是明顯不同的愛，終究還是她的三種愛。

「老師。」慶子叫喚。「您看著令堂的肖像畫，打算怎麼畫我的肖像畫呢？因爲您對我，不可能是像您對令堂那樣的愛，所以擔心畫不好吧？」慶子移膝靠了過來。

「妳的個性可眞彆扭。我現在看著家母這幅畫，覺得很不滿意。畢竟與繪製這幅畫時相比，我也有些成長。但是，畫得雖拙劣，卻是長時間投注心力完成的，眞教人懷念。」

「我的畫，您不必這麼煞費苦心。自由奔放地作畫就……」

「那可不行。」音子心不在焉應道。她望向母親的肖像畫，與母親有關的回憶逐一湧現。音子回過神來時，昔日的《稚兒大師圖》又浮現腦際。雖喚作「大師」，但不少看起來是美麗的女童像，或是美少女像，畫的是「稚兒」。既有佛教繪畫的高雅氣韻，卻透著豔麗。亦可看作是嚴禁女色的中世僧院裡的同性愛，是對猶如美少女的美少年的憧憬象徵。音子心生畫慶子肖像的念頭，腦中便立時浮現《稚兒大師圖》的構圖，也許就潛藏著這般思索。稚兒大師的髮型是現今女童的娃娃頭。然而，那身和服和裙褲的高雅錦緞，如今已無處可尋。只能試著修改能樂的戲服來替代了。不管再怎麼仿效「稚兒大師」的構圖，作爲慶子這位新時代女孩的服裝，未免太過老氣。音子腦中浮現手邊岸田劉生[10]的《麗子像》。他受杜勒[11]的影響，油畫或水彩畫都走古典風格，爲畫工端正的工筆畫，也有近似宗教畫的作品問世。音子看過珍貴的一幅。那是畫在對開宣紙上的一幅素描淡彩畫。畫中是裸體的麗子，僅腰間裹著一條紅色的湯文字[12]，跪坐地上。音子心想，這雖稱不上名作，但劉生何以將女兒以日本畫風格畫成這副模樣呢？也有同樣構圖的西洋畫。

10／ 大正至昭和初期的西畫家。《麗子像》中畫的是自己的女兒麗子。

11／ Albrecht Dürer，文藝復興時期著名的油畫家、版畫家、雕刻家和藝術理論家。有「自畫像之父」的美名。

12／ 日本的傳統女性內衣，爲覆蓋下身的長布。

如慶子所言「裸體也無妨」，索性也將慶子畫成裸體如何？佛像畫中亦不乏袒胸露乳的佛像。若真以裸體的姿態來仿效《稚兒大師圖》的構圖，髮型又該如何處理才好？小林古徑有一幅名作《髮》，意境聖潔，但慶子肖像的髮型非得與之不同。幾經思量後，音子愈發體認到自己的能力和內在尚嫌不足。

「慶子，該就寢了。」音子說。

「這麼早？難得月夜這麼美。」慶子轉頭望向屋內的座鐘。「老師，才十點剛過五分呢。」

「我有點累了。躺著聊天不是很好嗎？」

「好吧。」

音子面對鏡子擦臉時，慶子已鋪好兩人的床。慶子做這些事特別俐落。音子起身後，慶子來到鏡子前卸妝。她彎下略顯細長的脖子，凝視鏡中的自己。

「老師，我這張臉不適合畫成佛像畫呢。」

「只要作畫的人懷著一顆宗教的心去畫就行了。」

慶子取下頭上的髮夾，甩了甩頭。

「放下頭髮啦？」

「是的。」慶子梳著垂落的頭髮。音子在床上注視著她。

「今晚就這樣放下頭髮嗎？」

「覺得有點味道。真該洗頭的。」慶子將腦後的頭髮抓至鼻端嗅聞。

「老師，令尊在您幾歲時過世？」

「十二歲。妳問過好幾遍，不早知道了嗎？」

「……」

慶子拉上紙門，也關好房間與畫室間的隔門，鑽向音子身旁。鋪好的兩床被褥間沒半點空隙。

最近這四、五天，她們睡覺時都沒關防雨門。面向庭院的紙門在月光下透著微光。

──音子的母親死於肺癌。

「音子，妳有個同父異母的妹妹。」母親最後也沒有說出這句話。音子至今仍不知情。

音子的父親是從事蠶絲和綢緞買賣的貿易商。在告別式的場地上，許多送殯者來靈前行禮上香，算是照慣例行事，但唯獨一名像是混血兒的年輕女子與衆不同，音子的母親也察覺有異。當女子上完香，朝家屬行禮時，看得出她曾以冰塊或冷水在哭腫的眼睛上冰敷後才來的。音子的母親心頭不由一震。她向站在遺屬席旁邊那位丈夫生前的祕書使了眼色。

「剛才那個像混血兒的女人，你馬上到接待處查她的姓名和住處。」她朝祕書附耳吩咐。事後讓祕書根據住處一查，得知女人的祖母是加拿大人，她與日本人結婚，國藉同樣是日本，從美國學校畢業後從事口譯。目前和一名中年女傭住在麻布的一間小房子裡。

「沒有孩子嗎？」

「聽說有個年紀還小的女兒。」

「你見到了那孩子？」

「不，只是聽鄰居提起。」

音子的母親心想，那孩子肯定是丈夫的孩子。儘管能透過許多方法查明確切情況，可她卻等著那女人來告訴她。但女人沒來。半年後，祕書告訴音子的母親，女人帶著孩子嫁人了。從祕書的言外之意也聽得出來，那個混血女人就是丈夫的情婦。丈夫死後，嫉妒和怨懟隨著時間流逝轉淡。她甚至動了要收養那女人的孩子的念頭。倘若帶著孩子嫁人，年幼的孩子想必會將那女人的丈夫視爲親生父親而長大。丈夫的孩子相信一名與其並無血緣關係的男人是父親，音子的母親簡直像是自己丟失了某樣貴重之物似的。這並不全然是因爲只有音子一個獨生女。可是，她自然也無法將丈夫有情婦及私生女這種事告訴年僅十二歲的音子。母親過世前，音子已到了通曉世事的年紀。但母親在臨死之際的痛苦中，仍一再爲此苦惱，終究沒能說出口。因此，音子直至今日做夢也沒想到自己還有這麼一位同父異母的妹妹。而那位異母妹妹現下又是如何呢？應該也已到了能接受此事的年紀。按理說，也許已結婚多年，連孩子都有了。但是對音子來說，如同根本沒有這麼一位異母妹妹。

「老師、老師。」音子被慶子搖醒。「您做噩夢了，好像很痛苦……」

「啊！」音子呼吸急促，慶子連忙輕撫她胸口。慶子單肘撐地，挺起上半身。

「慶子，妳看著我做噩夢嗎？」音子問。

「是的，就一會兒……」

「妳也真是的。我做了個夢。」

「什麼夢？」

「夢到一個綠色的人。」音子的語氣尚未恢復平靜。

「是穿綠衣的人嗎？」慶子問。

「不，不是穿著，而是全身都綠色，連手和腳都是。」

「青不動[13]？」

「妳別調侃我了。那張臉不像不動明王那麼可怕，但就一個綠色的人飄浮在空中，在床邊兜圈子。」

13／ 京都青蓮院蒐藏的青不動明王畫像，是平安中期的畫作。與赤不動、黃不動合稱三不動。

「是女人嗎？」

「……」

「這是個好夢。老師，是好夢喔。」慶子將手掌抵向音子圓睜的雙眼，讓她合上眼，接著另一手執起音子的手指，放進嘴裡咬了一口。

「好痛。」音子這才清醒過來。

「老師，您說要畫我吧？該不是將我和湯屋谷茶園那片綠合而爲一了吧？」

面對慶子的解夢，音子應道：

「是嗎？妳就算睡著了，也仍繞著我跳舞啊？眞是可怕。」

慶子將臉貼向音子胸前，發狂似的極力憋著笑說道：「明明是老師您想作畫的心情啊……」

隔天，兩人如預定行程在傍晚前登上鞍馬山，境內信衆已在寺內聚集。晝長夜短的五月，終究也已從四周的山峰、高大的樹叢悄悄降下夜幕。圓月正攀上京都市街對面的東山之巓。正殿前左右兩旁已燃起篝火。僧侶們前來誦經。首座僧一身紅袈裟。傳來「賜予我等繁盛之力、新生之力……」這樣的唱和聲。那是管風琴的伴奏。

信衆手舉燭火前進。正殿前方放著一只銀色的大酒杯，裡頭盛滿了水。圓月映照其上。

杯裡的水倒進每一位走上前的信徒掌中，信徒捧起手心就飲下。音子和慶子也照做。

「老師，回家之後，屋裡一定會留下不動明王的綠腳印。」慶子說。這便是山林予人的感受。

梅雨天

大木年雄寫小說感到疲倦，或是文思遲滯時，便躺在走廊的躺椅上休息。倘若在午後，他往往會睡上一個小時或一個半小時。這一、兩年他養成了睡午覺的習慣。以前他總是出外散步。

但在北鎌倉居住多年，圓覺寺、淨智寺、建長寺等寺院，以及附近的山丘，都成了他再熟悉不過的景致。而且早起的大木，清晨會來場短程散步。以他的個性，醒來之後就無法再賴在被窩裡。早上的散步，也能讓一早忙著整理和準備的女傭不那麼拘謹。晚飯前還有一次時間稍長的散步。

書房的走廊上騰出一塊空間，在角落擺了張寫字桌。他時而坐在書房的榻榻米上寫作，時而坐在走廊的椅子上寫作。走廊上的躺椅也布置得很舒服。一躺向這張躺椅，陷入瓶頸的工作立時便拋諸腦外。實在不可思議。夜裡趁工作的空檔小睡時，往往睡得很淺，淨做著和工作有關的夢，但在走廊的躺椅上卻很快就能入睡，而且睡得很沉，彷彿一切煩憂都隨之消散。年輕時，他沒有午睡的習慣。許多日子只要中午一過，客人便陸續上門，根本無法午睡。寫作也是趁著夜裡。大多是從半夜寫到天明。後來將深夜的工作挪至白天，才養成午睡的習慣，但午睡時間不固定。寫得不順時，就躺向躺椅。有時在午前，有時則已近傍晚。白日寫作不比夜裡，雖覺疲憊腦袋卻愈發亢奮。

「遇上瓶頸就睡午覺，證明我也年邁體衰了啊。」大木心想。「但這可真是一張魔法躺椅呢。」

走廊上的這張躺椅，一躺下隨時能睡著。醒來後，又總能感受到一股安歇後的舒暢。寫作遭遇的瓶頸，不時會因此發現新的道路。當眞是一張魔法躺椅。

已邁入梅雨季。這是大木最討厭的季節。北鎌倉與鎌倉的大海之間隔著丘陵，相距遙遠，但來自大海的溼氣還是相當濃重。雲層也無比低垂。大木的右額上方因烏雲密布而感到沉重，彷彿大腦裡的皺褶都長黴了。有些日子他午前和午後都會躺向那張魔法躺椅。

「京都來了一位姓坂見的小姐。」女傭前來通報。

大木剛好醒來，但仍在躺椅上。他沒回話，於是女傭又問：

「那我去回絕對方，說您在休息。」
「不。是位年輕小姐吧？」
「是的，先前來過……」
「請她到客廳吧。」
大木又將頭往後靠上躺椅，合上眼。午睡後，梅雨季的慵懶感也減輕了，聽見坂見慶子前來，腦袋就像被清水洗過一般。
大木站起身，眞正以清水洗了臉，擦拭身體。接著前往客廳。慶子一見大木，便從椅子上起身，兩頰泛紅。大木大感意外。
「歡迎啊。」
「冒昧前來……」
「不，今年春天妳來訪時，我正好到附近的山丘散步。那時妳要是再等一會兒就好了。」
「那時是太一郎先生送我。」
「我聽說了。他帶妳逛鎌倉是嗎？」
「是的。」

「妳在東京長大，可能覺得鎌倉沒什麼稀奇。況且比起京都和奈良，鎌倉也沒什麼值得一看的地方吧。」

「……」

慶子注視著大木。

「夕陽朝海平線沉沒的景色很美。」

兒子帶慶子去了海岸？大木不由心下一驚，嘴裡卻說：「元旦那天早上，妳送我到京都車站後就沒再見過面了。那之後已過了快半年吧。」

「是的。老師，半年很長嗎？您覺得這時間很長嗎？」

大木一時不明白慶子這句奇怪提問眞正的用意。

「說長也算長，說短也很短吧。」

慶子似乎覺得大木答得無趣，臉上不帶半點笑意。

「好比說，假設妳有個情人，半年沒能見上面，就會覺得時間很長吧。」

「……」慶子仍一副無趣的表情。只有那張臉蛋上一雙微泛青色的眼眸，彷彿在向大木挑戰。大木略感焦躁。

「肚裡的孩子，懷了半年，也會在肚裡動起來喔。」

儘管這麼說，慶子依舊不顯一絲靦腆。

「季節也從冬天轉爲夏天。現在正是我最討厭的梅雨季……」

「……」

「關於時間，自古以來許多人皆展開哲學性的思考，但似乎還沒有明確的答案。時間能解決一切，這種世俗的想法雖強悍，但我對此存疑。還有，有一說是人死了便一了百了，妳怎麼看？」

「我還不至於那麼厭世。」

「這和厭世觀不一樣。」大木像要加以壓制般說道：「只是，我的半年時光，和年輕的妳的半年時光，時間雖一樣，但想必存在極大的不同。例如因罹患癌症之類的疾病，只剩半年壽命的人，他們的半年想必更不一樣。此外，也有人是因意外的交通事故而在轉瞬間失去生命。還有戰爭……就算沒有戰爭，也可能遭人殺害。」

「老師，您不是藝術家嗎？」

「我留給後世的，只有丟人現眼而已……」

「丟人現眼的作品不會留傳後世。」

「是嗎？若是這樣，那實在值得慶幸，但未必如此。倘若眞如妳所言，我的作品應該全都會消失不見吧。我覺得那樣也很好。」

「您居然這樣說……老師，您提到我老師的那本《十六、七歲的少女》，也會留傳後世，這您應該知道吧？」

「又是《十六、七歲的少女》啊。」大木臉色一沉。「連身爲音子小姐弟子的妳也這麼說嗎？」

「因爲我跟隨在音子老師身邊。請您見諒。」

「不，沒什麼……這也沒辦法……」

「大木老師。」慶子的臉色忽地明亮起來。「您經歷了與我老師的那段過去後，仍談過戀愛吧？」

「這個嘛，談過。但或許不像是與音子小姐那樣的悲戀……」

「爲什麼您不寫成小說呢？」

「問得好……」大木躊躇片刻。「對方特別叮囑別寫進書裡，我也就不便寫下。」

「哎呀？」

「身爲作家，我或許太鬆散了。而且也沒辦法像當初寫音子小姐那樣，投注年輕的熱情。」

「換成是我，老師要怎麼寫都無妨。」

「咦？」大木愕然。慶子至今只和他見過三次面，一次是除夕當天，音子派慶子到都飯店來迎接，一次是元旦到京都車站送行，另一次就是今天來到北鎌倉的家中拜訪。而且也算不上正式的會面。哪有辦法寫呢？充其量只能借慶子美麗的容貌，來描寫小說裡虛構的女性角色吧。慶子說和兒子太一郎去過鎌倉的海岸，難道當時發生了什麼嗎？

「看來，我有了一位好模特兒呢。」

大木笑著想含混過去，望向慶子，然而他的笑容卻被慶子豔麗的雙眼所深深吸引。她眼中泛著晶瑩的亮光，似乎是淚水。大木沒能說下去。

「上野老師說要畫我的肖像。」慶子說。

「這樣啊。」

「今天我又帶了一幅畫來。想請老師過目。」

「哦，我不太懂抽象畫，但這房間小了點，我們去客廳看吧。上次那兩幅畫，兒子都掛在書房裡了。」

「今天他不在家嗎？」

「對，今天他會從研究室到私立大學授課。內人則出門看人形淨琉璃[14]去了。」

14／　由三個人操縱一尊木偶，以演出各種故事的日本傳統人偶戲，也稱作「文樂」。

「就老師您一個人太好了。」慶子聲若細蚊地低語，朝玄關走去。將放在玄關的畫帶進客廳。這幅畫簡單地裱上白木畫框。整幅畫以綠色當基調，並在各處大膽使用不同顏色，整個畫面如波浪起伏一般。

「老師，這對我來說算是寫實的作品，畫的是宇治的茶園。」

「哦？茶園……？」大木望著這幅畫說道：「猶如波浪起伏般的茶園，就像青春從地面隆起湧動似的。乍看第一眼時，還以爲是就要燃起烈焰的心靈抽象畫呢。」

「老師，就算您是這麼看，我聽了還是很高興。」慶子跪向大木身後，下頷抵向大木肩上。香甜的氣息烘著大木的髮間。

「大木老師，您從這幅畫感受到我內心的波動，我眞的好高興。」慶子又說了一遍。

「雖然這幅茶園畫稍顯青澀……」

「很年輕啊。」

「雖然我的確去了茶園寫生，但在我眼裡，只有最初的三十分鐘或一小時覺得那是茶樹，看成茶樹的田壟。」

「是嗎？」

「茶園很寧靜。但那新綠起伏的圓形波浪交疊，不住起伏擺盪，這才形成這樣的畫面。

可不是抽象畫喔。」

「茶園在新芽初生的時節，也還是這麼純樸。」

「老師，我不懂什麼是純樸。不論是畫還是感情都……」

「感情上也……？」大木甫一轉頭，肩膀便撞上慶子豐滿的胸。慶子一邊的耳朵就在他面前。

「妳說這種話，說不定也會將這隻漂亮的耳朵切下來喔。」

「我絕不敢妄想成爲梵谷那樣的天才。除非有人咬下這隻耳朵……」

「……？」大木爲之一驚，猛然轉肩，原本跪地靠向大木身後的慶子一個重心不穩，順手抓住大木。

「純樸的感情，我最討厭了。」慶子維持這個姿勢說道。大木要是手臂一使力，慶子肯定會順勢倒落在他膝上。慶子仰著胸膛，形成等待接吻的姿勢。

然而，大木的手臂沒動。慶子也仍維持同樣的姿勢。

「老師。」慶子輕聲喚道，凝視著大木。

「妳的耳形可愛又迷人，但妳的側臉卻美得透著妖氣呢。」大木說。

「老師您這樣說我，我眞開心。」慶子細長的頸項微微泛紅。

「您這句話我一輩子都不會忘。可是，您口中的美，會持續到什麼時候呢？身爲女人，這麼一想便悲從中來。」

「……」

「讓別人這樣看我，很難爲情呢。但是讓老師這樣的人看著，是女人的幸福。」

慶子這般熱情的話語，令大木大感詫異。但若是戀愛中男女的談話，倒也不足爲奇。他以略顯生硬的語氣說：

「我也很幸福啊。妳應該還有很多美麗的地方。」

「是嗎？我只是個還不成氣候的畫家，不是模特兒，所以不清楚……」

「畫家可以公然以人作爲模特兒，作家卻不行。這一點，我頗覺不服氣。」

「要是我派得上用場，請您盡管……」

「那可就太感謝了。」

「老師。我方才說過，換作是我，您要怎麼寫都行。但您的幻想和想像必然比實際的我還美，雖然教人悲傷，但也無妨。」

「抽象？還是寫實？」

「由老師您來定奪。」

「但是，藝術的模特兒和文學的模特兒，壓根就不一樣啊。」

「我明白。」慶子眨了眨濃密的睫毛。

「我這幅茶園畫也是，雖然幼稚，但它實際來說並非茶園畫，也不是自然寫生，更像在描繪我自己……」

「不管怎樣的畫都是如此。並不局限於抽象或具象。但就藝術而言，對象若非人體，就不能稱作模特兒吧？小說的模特兒指稱的也是人。不管描寫多少風景或花卉，也不會說那是模特兒。」

「老師，我是人啊。」

「是美人。」

大木手搭向慶子肩膀，扶她站起。

「藝術的模特兒，即使是裸體作品，擺好姿勢就行了，但小說的模特兒光這樣是不夠的……」

「我明白。」

「我這樣說沒關係嗎？」

「是的。」

年輕的慶子所展現的大膽，令大木爲之震懾。

「妳的容貌或許能用在小說裡的年輕女性身上……」

「那多無趣啊。」慶子風情萬種地進逼而來。

「女人眞是不可思議。」反而是大木逃避似的說道。

「有些女人深信自己被寫進書中，就是小說的原型人物，總是有這種人。而實際上，作者根本不認識這些女人，也不會與她們有任何瓜葛。這是何等的妄想呢。」

「我認爲是因爲身世可悲的女人太多了，所以會受妄想束縛，好聊以自慰。」

「這樣的想法不是很奇怪嗎？」

「女人的想法往往很奇怪。老師，您難道不能讓女人的想法變得奇怪嗎？」

這突如其來之語，大木一時語塞。

「您是在冷靜等著女人變得奇怪嗎？」

「嗯？」

大木依然不知所措，急忙轉移話題。「可是，與藝術的模特兒不同，小說的模特兒算是無償的犧牲呢。」

「我最喜歡做出犧牲。爲一個人犧牲，也許就是我生存的意義。」

慶子接連說出令大木深感意外的話。

「慶子小姐想必能坦率而爲，做出犧牲。再反過來要求對方犧牲……」

「不，老師，您錯了。犧牲的源頭是愛，是崇拜。」

「慶子小姐現在犧牲奉獻的對象，是音子小姐嗎？」

「……」

「是吧？」

「或許是吧，可音子老師是女人。女人爲女人犧牲的生活，不可能純潔無瑕。」

「嗯，這方面我就不懂了。」

「兩人可能會一同走向毀滅……」

「兩人一同走向毀滅……？」

「是的。」

「……」

「哪怕是些許的迷惘，我也無法接受。五天、十天也好，我希望澈底忘掉自己。」

「就算是結婚，也難以做到。」

「我過去多的是結婚的機會，但眞結了婚，就再也做不出忘我的犧牲。老師，我討厭回顧自己的過去。剛才我也說了，我討厭純樸的感情。」

「妳可千萬別說出什麼和自己喜歡的人見面，相處四、五天後，只能走上自殺一途這種話啊。」

「是的，自殺一點也不可怕。比起自殺，我更厭惡失望和厭世。即使老師您勒我脖子，那也是幸福的。哎呀，在那之前，得先成爲老師的模特兒……」

大木年雄不得不懷疑，慶子是來誘惑自己的。自然不能光憑今天的舉動，就斷言慶子是個妖婦，但作爲小說的原型人物，她確實是個很有意思的女孩。只不過，要是與慶子相愛後分手，難說她不會像《十六、七歲的少女》裡的音子那樣，住進醫院的精神科病房。

今年早春，坂見慶子帶著她的《梅》和《無題》兩幅作品來訪時，大木湊巧外出散步，站在北鎌倉的山丘上欣賞晚霞，沒在家中。兒子太一郎因此邂逅了慶子，隨後送她離開。聽慶子今天提到才知兩人不光去了北鎌倉車站，還去了鎌倉海岸。顯然太一郎被慶子的妖豔魅力迷得神魂顚倒。

「不行，太一郎會被慶子給毀了。」大木心想。「這並不是因年紀差異而生的嫉妒。」

慶子對大木說：

「這幅茶園畫若能放在老師的書房，不知會是多大的榮幸。」

「好，就這麼辦。」大木若無其事答應下來。

「請您在夜裡光線昏暗處欣賞。如此一來，茶園的顏色會變得暗沉，而我任意添上的顏色會浮現出來。」

「嗯？感覺會做個奇怪的夢。」

「怎樣的夢？」

「年輕的夢吧。」

「我好高興。您說這麼討人歡心的話。」

「妳不是很年輕嗎？茶園那交疊的圓形波浪是與音子小姐的相伴，而那不似茶園新綠的顏色，則是慶子小姐吧。」大木年雄說。

「老師，至少一天也好……之後就算收進您壁櫥裡的角落，任由它布滿灰塵也無妨。誰教它是這麼拙劣的畫呢。改天我再拿小刀劃破便是。」

「咦？」

「我是說眞的。」

慶子出乎意料地露出順從的神情。「畢竟是幅差勁的作品嘛。但僅僅一天也好，掛在老師的書房裡……」

「嗯。」

大木一時無言以對。慶子低頭不語。

「這樣奇怪的畫，老師能不能眞的夢一次……？」

「雖然說起來不應該，但比起受畫所誘而做了與畫相關的夢，反倒更可能夢見妳。」大木說。

「做什麼夢都隨您。」連慶子也不禁兩耳泛紅。

「可是，老師，您可沒做過什麼足以讓您夢見我的事啊？」慶子抬眼注視著大木時，雙眼逐漸變得水亮。

「不，上次收了妳兩幅畫，我兒子送妳到北鎌倉的車站也就行了，但他卻送到了鎌倉的海岸。今天我送妳吧。家裡正好沒人，不便留妳用晚膳，我已叫好車了。」

車子駛過鎌倉的市街，疾馳在七里海濱上。慶子一路上什麼也沒說。

梅雨季的相模灣，海天灰濛濛一片。

來到江之島水族館，大木要司機在外頭等候。

他們買了餵海豚的烏賊和竹筴魚。海豚從水中躍起，叼走慶子手中的食物。慶子變得大膽起來，餌食愈拿愈高。海豚也跳得更高，撲向食物。慶子就像個平凡的女孩般樂不可支。

連天空下起了雨也渾然未覺。

「趁雨沒變大前，快出去吧。」大木向慶子催促道：「妳的裙子已有點溼了。」

「啊，眞開心。」

上車後，大木說道：

「附近的伊東溫泉再過去那一帶，不時游來成群的海豚。據說一群光著身子的男人會將牠們趕到海岸附近，然後一把抱住活捉。只要朝海豚的腋下搔癢，牠就無力抵抗了。」

「哎呀。」

「換作是妳，不知道會怎樣？」

「討厭，老師，我應該會拚命抵抗，或以指甲抓撓吧。」

「看來還是海豚溫馴啊。」

車子來到山上的飯店。眼前的江之島仍是一片灰濛濛，左側的三浦半島也顯得迷濛。梅雨的雨勢轉大，蒙上一層濃濃的霧氣，十足梅雨風情。附近的松林同樣煙雨朦朧。

來到房間時，兩人身上的衣服都已溼透。

「慶子小姐，這下子回不去了。」大木說：「在這樣的濃霧下開車也很危險。」

慶子頷首。臉上不帶困擾之色，令大木感到驚訝。

「全身都溼了，要是不趁晚餐前擦乾身子……」大木伸手朝臉上抹了一把。「慶子小姐是否也像海豚一樣呢？讓我試試如何？」

「老師，您說得眞過分，拿我和海豚相提並論……我非得接受這麼教人難爲情的待遇嗎？扮海豚玩……」慶子讓一側肩頭靠向窗邊。

「黑色的海。」

「是我不好，抱歉。」

「至少也該說一句，我想仔細看看妳……或是默默地將人家一把抱起……」

「妳不會抵抗嗎？」

「我不知道……只是扮海豚太過分了。我可不是那種經驗老道的女人。老師也那樣墮落過嗎？」

「墮落？」大木只留下這句話，便走進了浴室。

大木一面沖澡，一面簡單洗過浴缸，放了熱水。他以毛巾擦著身子，頂著一頭亂髮走出浴室。

「請用吧。」他沒看慶子。「我重新放熱水了。水應該已五分滿。」

慶子表情嚴肅地望著大海。

「變成濃密的霧雨了，附近的島嶼和半島也變得模糊……」

「覺得感傷嗎？」

「這波浪的顏色看了就煩悶。」

「因為身上又黏又溼才不舒服吧？已經放了熱水，快去洗吧。」

慶子點頭，走進浴室。連水聲也聽不見，相當安靜。但她洗了臉出來，坐向三面鏡前，打開手提包。

大木走向她身後，說道：「我洗了頭，但裡頭什麼也沒有，頭髮很毛躁……雖然有髮油，但氣味聞了不舒服。」

「老師，這香水您覺得怎樣？」慶子遞給他一支小瓶子。大木湊向前嗅聞。

「抹上髮油後，還要再灑香水？」

「就一點點嘛。」慶子嫣然一笑。

大木一把抓起慶子的手說：「慶子小姐，請別化妝……」

「痛，很痛呢。」慶子轉過頭來說道：「老師，這樣可不行。」

「慶子小姐不上妝的臉蛋才好看。妳那漂亮的皓齒和秀眉很迷人。」大木朝慶子那紅潤的臉頰獻上一吻。

「啊。」

化妝鏡的椅子倒了，慶子也倒了。大木的嘴脣與慶子的柔脣相貼。

那是很長的一吻。

大木漸感呼吸困難，稍微移開臉。

「不，老師，再久一點……」慶子將他拉回來。

大木心裡暗暗吃驚。

「就算是海女，也憋不了這麼久啊。會昏厥的。」

「讓我昏厥……」

「女人的氣比較長啊。」大木試著以玩笑話帶過，又湊上嘴脣。親吻良久，感到喘不過氣來，才將慶子抱起來，放上床鋪。慶子的前胸和雙腿蜷縮成一團。

大木將她的身軀伸展開來，慶子雖未抵抗，卻也費了一番工夫。這時，大木明白慶子並非處女，動作也變得略微粗暴。

「老師、老師。」此時，下方的慶子突然悲戚地呼喚：「上野老師、上野老師。」

「咦？」

大木本以爲慶子在呼喚自己，當察覺慶子實際上是呼喊音子時，一下子全洩了氣。

「什麼？上野老師？」大木掃興地說著。慶子沒答腔，只是將大木推開。

庭園置石——枯山水

京都寺院的置石庭園，若干座仍保留至今，廣爲人知。像西芳寺的石庭、銀閣寺的石庭、龍安寺的石庭、大德寺大仙院的石庭、妙心寺退藏院的石庭等，算是主要幾座庭園。其中，龍安寺的石庭不只名氣響亮，連在禪學或美學上也已幾乎被神格化。當然，這當中自有其原因。這裡是無從比較的名作，而且作工講究。

上野音子看慣了這些庭園，並且牢記腦中。但今年她懷著一顆畫家的心，打從梅雨季一結束，便前來觀看西芳寺後方的石庭。她並不認爲憑藉一個女人的筆勢足以描繪這座石庭。她此行只想感受石庭的力量。

以石庭來說，這裡可能最爲古老且力量也最強大，不管能否成畫，音子都覺得無所謂。與底下柔美的苔寺庭園相比，後山的石庭可說是截然不同。若非一群從下方上來參觀的遊人，音子實在很想面對置石就此靜靜坐著。之所以打開寫生本，也許是不致使路過的人們對於一會兒在那裡佇立半晌、一會兒在這裡駐足良久的女子心生疑惑罷了。

西芳寺由夢窗國師於曆應二年（一三三九年）加以振興，他修建堂塔、掘池、建造池中假山。據說還曾帶著人們來到山頂的縮遠亭，遠望京都的市街。如今這些建築盡皆塌毀。庭園也因洪水肆虐而荒廢，也許歷經幾度整修，如今的枯山水，據說是沿著前往山頂縮遠亭的石階而建，似乎在展現瀑布與水流之貌。由於是置石，或許仍遺留昔日的風貌吧。

後世，千利休15的次男少庵野曾來此隱居。音子完全無意探究這類歷史和考證，她只是固定前來看置石。年輕的慶子就像小跟班似的，隨音子前來。

「老師，置石都很抽象嘛。」慶子說：「以繪畫來說，有沒有類似塞尙畫埃斯泰克海灣岩山那樣，較爲剛勁有力的作品呢？」

「慶子，妳知道的可眞不少。但那不是自然的岩山嗎……？就算不至於大到以山來形容，但那也是成群的海岸岩石……」

「老師，若要畫這種置石，就會成抽象畫。但要以寫實手法來表現石群，我沒這個能耐。」

「是啊。我也沒說要畫……」

15／ 日本戰國時代安土桃山時代著名的茶道宗師，人稱茶聖。

「我用粗獷的筆法畫畫看吧。」

「那樣也許不錯。先前的茶園畫就很有意思，青春洋溢。妳也將那幅畫送去大木先生那了吧？」

「是的。也許已被夫人撕破或毀壞了……我和大木先生在江之島飯店過夜。大木老師還提到扮海豚玩什麼的，我覺得那人也墮落了。後來我喊出上野老師的名字，他一聽便洩了氣……大木先生至今對您仍存有愛意和懊悔。我眞嫉妒……」

「妳和大木先生……？妳到底在打什麼主意？」

「我想破壞他的家庭。爲我家老師復仇。」

「復仇？」

「我討厭這樣。老師至今仍愛著大木先生。明明遭受那麼殘酷的對待，您卻仍深愛著他。女人可眞傻……我討厭這樣。」

「……」

「這是我的嫉妒。」

「嫉妒？」

「是嫉妒。」

「因爲嫉妒，不惜和大木先生一起到江之島飯店過夜？假如我還愛著大木先生，嫉妒的人應該是我吧？」

「老師，您眞的嫉妒我？」

「……」

「我眞高興。」慶子描繪置石的速度加快。「我在飯店裡怎麼也睡不著。大木先生卻睡得很香甜。五十歲的男人眞惹人厭……」

音子感到一陣心神不寧，她想知道他們睡的是雙人床，還是兩張單人床，卻不敢開口。

「想到要伸手勒住熟睡中的大木先生的脖子，簡直易如反掌，我就欣喜若狂……」

「哎呀，眞危險。妳這人也太可怕了。」

「只是心裡這麼想罷了。但即便那麼想就高興得睡不著覺。」

「妳說是爲了我才這麼做？」音子畫置石的手微微顫抖。「我不覺得妳是爲了我。」

「我是爲了老師才這麼做。」

音子此刻才對慶子那古怪的個性感到畏懼。「慶子，請妳別再去大木先生家了。妳不知會鬧出怎樣的事態來。」

「老師，您當初入院後，難道不曾想過要殺了大木先生嗎？」

「沒那回事。我當時雖精神失常，但殺人什麼的……」

「您不憎恨大木先生，但難道大木先生也這麼愛您嗎？」

「以我的情況來說，還有孩子的事……」

「孩子……？」慶子爲之語塞。「老師，我不是也能生下大木先生的孩子嗎？」

「咦？」

「我還能葬送大木先生呢。」

音子像挨了一記重擊般，凝視著女弟子。那細長的頸項、美麗的側臉竟吐露出可怕的話語。

「妳當然能生。」音子壓抑自己的情緒。「妳是不是忘記自己是誰了？就算妳生了大木先生的孩子，我也管不著。可一旦妳有了孩子，妳就不會說這種話了。一切都會變的。」

「老師，我不會變的。」

在江之島飯店和大木過夜，慶子到底做了什麼？比起慶子所透露的，音子從她的口吻中推測似乎有事瞞著自己。老說著嫉妒、復仇這類激烈的話，莫非慶子想掩飾什麼？

然而，一想到自己仍因大木年雄而心生嫉妒，音子不禁閉上眼睛。眼底殘留著置石的餘影。

「老師、老師。」慶子緊摟音子的肩膀。「您怎麼了？突然間臉色發白呢。」

接著慶子朝音子的腋下狠狠一擰。

「疼，好疼啊。」音子一陣踉蹌，單膝跪地。慶子扶她起來。

「老師，我只有您了。我只有音子老師。」

音子沉默不語，抹去額上的冷汗。

「慶子，妳說那種話，會變得不幸啊。一輩子與不幸相伴……」

「什麼不幸，我才不怕呢。」

「妳年輕又貌美，所以才能這麼說……」

「只要能待在老師身邊，我就是幸福的。」

「我很感激妳，但我畢竟是女人。」

「我最討厭男人……」慶子斷然說道。

「那怎麼行。妳若是說真的，愈是這樣下去……」音子語帶悲戚。「畫風也會有差異。」

「畫風老是一樣的老師，我最討厭了……」

「妳討厭的可真多。」音子略微平靜下來。「慶子，妳的寫生本讓我看一下。」

「好。」

「這是什麼？」

「老師，您好過分。不就是置石嗎？您仔細看……因爲畫的是我不會畫的東西。」

「嗯。」音子望著寫生時，臉色又變了。當然，只有墨色的寫生，乍看之下不明白在畫些什麼，但畫中似乎有不可思議的生命在鳴叫著。這是慶子過往作品中所沒有的。

「妳在江之島的飯店裡，果然和大木先生之間發生了不尋常的事吧。」音子顫抖說著。

「不尋常？那樣算不尋常嗎？」

「因爲妳的畫風變了。」

「老師，我告訴您吧，大木老師連長吻也不會。」

「……」

「男人就是這樣嗎？」

「……」

「和男人這樣，我還是第一次。」

慶子說的「第一次」是到何種程度，音子感到茫然，凝望著慶子的寫生。

「我想變成枯山水的石頭。」她脫口而出。

夢窗國師的置石，歷經數百年歲月，覆上綠苔，顯得古意盎然，已分不清是大自然的岩石，還是人工擺設的岩石。然而，這確是人工擺設的岩石，音子從未像此刻這樣，感受到那嶙峋的底力朝她直逼而來。接觸那排山倒海而來的精神力，似乎難以承受。

「慶子，今天就先回去吧？我對石頭感到害怕。」

「好。」

「也不能在石頭上打禪，就回去吧。」音子搖搖晃晃地站起身。「這種東西我畫不來。這才是抽象的，所以妳的自由寫生說不定能掌握些什麼。」

「老師。」慶子執起音子的手臂。「我們回去後，來扮海豚吧。」

「扮海豚？妳說的扮海豚是什麼？」

慶子嫣然一笑，朝左邊的竹林下山。

那片竹林，也許是攝影家土門拳鏡頭下最美的竹林。

音子此刻與其說是憂鬱，毋寧說摻雜幾分緊繃的神色，也從竹林旁走過。

「老師。」慶子拍了拍音子的背。

「您是被置石吸走了魂魄嗎？」

「我沒被吸走魂魄，但我想不帶著寫生本和畫筆，花上好幾天望著它。」

慶子以一貫開朗且充滿朝氣的神情說道：「那不就是石頭嗎？像老師您這樣仔細端詳，或許會湧現出力量和布滿青苔的美，但石頭終究是石頭……」慶子又說：「俳人山口誓子寫過一篇文章，文中提到『從前的那些日子都與枯山水無緣，終日只有大海，我的生活與枯山水相距遙遠……後來遷往京都，才得以理解何謂枯山水』。」

「海與置石啊。與大海、自然界大山的岩石或峭壁相比，小小庭園裡的置石畢竟是人造出來的……」音子說：「可是，這置石我終究還是畫不來。」

「老師，這是人造的抽象。連顏色也是。感覺能隨我的喜愛去上色，造出屬於我的抽象形體……」

「……」

「石庭起源於何時？」

「不大清楚，但室町時代前應該還沒有。」

「那麼，它所用的岩石和石頭呢……？」

「無從得知多古老吧？」

「老師想畫出比那些岩石存續更久的畫，是嗎？」

「那是不可冀求的。」音子一臉愁容。「不論是這座西芳寺的庭園，還是桂離宮的庭園，在這數百年中樹木生長、乾枯、遇上暴風雨而遭摧殘，與初始相比，變化相當大。置石卻沒多大改變。」

「老師，我以爲一切都應改變、消逝，這樣才好。連前陣子的茶園畫也一樣，現在多半已被大木先生的夫人撕破或剪碎。因爲我和他在江之島過夜……」慶子說。

「那是很有意思的一幅畫……」

「是嗎？」

「慶子，妳打算一有好的畫作，就送去大木先生那兒嗎？」

「是的。」

「……」

「直到爲上野老師復仇爲止。」

「我不是一再說了，別再提復仇的事。」

「我知道，但我還是不明白。」慶子依舊神情開朗。「這是女人的偏執？還是女人的倔強？也可能是女人的嫉妒？」

「嫉妒……？」音子的聲音低沉而顫抖。她握住慶子的手指。

「音子老師至今內心仍愛著大木老師，大木先生心裡也還深深惦記著您。那晚聆聽除夕鐘聲時，儘管我年紀還輕，卻也看得明白。」

「……」

「女人的憎恨，也同樣是愛，不是嗎？」

「慶子，爲什麼要在這裡說這種話？」

「也許是因爲還年輕吧，就算從枯山水的岩石裡見到了古人的抽象，但是，那種抽象的心靈，如今我仍看不透。倘若歷時數百年之久的古色是那般樣貌，最初人們剛打造好的場景，又該是如何呢？」

「嗯。剛打造好的模樣，看在妳眼中也是幻滅吧。」

「要我來畫，就連置石也會畫成我喜歡的形狀，當初置石時那不夠沉穩的顏色，我也會添上自己喜歡的顏色。」

「是嗎？那妳應該就能畫了吧。」

「老師，那置石經歷過太漫長的歲月，遠比老師和我的壽命都要長。」

「是啊。」音子隨口應道，卻驀然感到一陣寒意。「儘管如此，恐怕也無法永恆……」

「我只要待在老師身邊，畫出生命短暫的畫就夠了。就算我的畫很快就被破壞也無妨。」

「慶子，那是因爲妳還年輕……」

「那幅茶園畫也是，若被大木先生的夫人劃破或是撕毀，我反而高興。她會那樣做，該是心中激起強烈的情感吧。」

「……」

「像我那樣的畫，根本沒有讓人正經觀賞的價值。」

「不該這樣斷言……」

「我又不是天才，我完全不想讓自己的畫作傳世。我只是喜歡老師，想留在您身邊。其實只要能照顧老師的生活起居，幫您洗茶碗，我就很高興了。而老師您還教我作畫……」

音子大爲驚詫。

「慶子，原來妳有這般的念頭。」

「我內心深處的……」

「妳雖這麼說，但妳的確有繪畫的天分。有時連我也感到吃驚。」

「孩子的自由畫嗎？我小時候的畫，倒是常被貼在教室裡。」

「我常在想，妳和我這種平庸的畫家不一樣，也許妳是那種擁有特殊天分的畫家。有時還很羨慕妳。慶子，以後請別再說那種話。」

「是的。」慶子坦然點頭。「只要能待在老師身邊，我會投注心力。」慶子點頭的模樣無比迷人。

「老師，就別再談畫的事了。」

「妳明白我的意思了嗎？」

「明白了。」慶子再度頷首。「只要老師不趕我走……」

「怎麼會讓妳走呢。」音子語氣堅定地說道：「可是……」

「可是什麼？」

「女人會結婚，也會有孩子。」

「這種事……」慶子爽朗地笑了。「都與我不相干呢。」

「這是我的罪過。抱歉。」

音子微微低下頭，轉向一旁，摘下一片樹葉。靜默地走了一段路。

「老師，女人不是很可憐嗎？一個年輕男人不會愛上六十歲的老婦人吧。但十來歲的少女，有時卻會真心愛上五、六十歲的男人。而且不是出於欲望……對吧，老師。」

音子一時答不上話來。

「老師，大木老師完全不行了。他當我是個素行不端的女人。但我明明還只是個年輕姑娘……」

音子臉色慘白。

「不光這樣，在緊要關頭，我不自禁叫起了『上野老師、上野老師』，他就再也做不下去了。」

「……」

「爲了上野老師，我承受著身爲女人的羞辱。」

音子面如白蠟，雙膝一陣痠軟。

「在江之島飯店？」音子好不容易才擠出這句話。

「是的。」

上野音子無法向慶子提出抗議，背後有其原因。

車子抵達音子她們住的寺院。

「要說他那樣讓我逃過一劫，也算是如此……」連慶子也羞紅了臉。「老師，我就生下大木先生的孩子，送給您吧。」

慶子冷不防被重重甩了一記耳光。痛得她都快流下淚來。

「啊，眞舒服。」慶子說：「老師，再多打幾下，再多打幾下。」

音子渾身顫抖。

「再打……」慶子又重複說道。

音子結結巴巴地說道：「慶子，妳怎麼會說出這麼可怕的話呢。」

「不是我要的孩子。我當那是老師的孩子，所以才這麼說。我要生下孩子，送給老師。我想從大木先生那裡，替老師將孩子偷回來……」

音子又賞她了一記重重的耳光。這次慶子啜泣起來。

「老師……老師……您現在不管再怎麼愛大木先生，也已經無法生下大木先生的孩子了。但我可以不帶感情地生孩子。就像是老師您自己生下孩子一樣……」

「慶子。」音子喚了一聲，來到外廊，將螢火蟲竹籠朝庭園踢飛。

螢火蟲竹籠從音子打著赤腳的腳尖飛出，在飛出的剎那，竹籠裡的螢火蟲亮光一同畫出一道藍白色的光影，落向庭園的青苔上。夏天晝長夜短的天空正蒙上向晚的暗雲，但庭院裡雖不見黃昏時分的霧靄，但似乎就瀰漫四周。白日的光亮仍在。螢火蟲不可能會閃現那樣的亮光，可能連半分泛白的微光也沒有。那流動的光影也許是音子眼睛的錯覺，抑或是心的錯覺。音子全身僵硬呆立原地，注視著落在青苔上的螢火蟲竹籠。雙眼不曾稍瞬。

慶子停止啜泣。她屏息窺望音子的背影。慶子任憑音子打她，毫不閃避，但她跪坐的雙膝一陣痠軟，只好右手拄向榻榻米，撐著不讓身體傾倒。就這麼一動也不動。全身僵硬呆立原地的音子似乎使慶子也全身僵硬起來。但這只是很短的一段時間。

「啊，老師，您回來了。」彌代招呼著，走了過來。「老師，我已先燒好洗澡水。」

「這樣啊，謝謝妳。」音子應道，聲音聽來像喉嚨被鯁住了一般，她感到腰帶下已被汗水濡溼，黏膩噁心。連胸口也滿是冷汗。

「雖然沒那麼熱，但這天氣眞不舒服。溼溼黏黏的……梅雨季還沒結束嗎？還是又回來了？」

音子沒轉頭望向彌代，接著說道：「能泡澡眞是謝天謝地。」

——彌代是寺內僱用的女傭，也看顧著音子她們別房裡的雜務。舉凡打掃、洗衣、收拾廚房，有時張羅飯菜也委由她幫忙。音子喜歡做菜，平時也做慣了，可一旦身心貫注在作畫時，就懶得下廚。慶子也不同於外表給人的印象，能燒得一手京都風味的好菜，但往往也是興起時才露一手。因爲這個緣故，她們時常以彌代隨手煮的菜當午餐或晚餐。彌代今年已五十三、四歲，入寺工作這六年來工作勤奮。寺內也有住持的母親及年輕的媳婦，但常來別房幫忙音子幹活的多半還是彌代。她個頭嬌小，身材豐腴，手腕和腳踝就像被綑紮似的臃腫。

此刻彌代那渾圓的肩膀上頂著一張神情開朗的臉蛋，目光停在庭院的螢火蟲竹籠上。

「老師，您要讓螢火蟲點夜露是嗎？」她走過踏腳石，走近螢火蟲竹籠。泰半是見竹籠翻倒在地，彌代蹲下身將螢火蟲竹籠扶正，並未提回來。她似乎認爲螢火蟲竹籠是刻意放在那裡。

她站起身後，勢必會從庭院望見站在外廊的音子，但音子先轉身前往屋內的浴室了。彌代與慶子四目交接。慶子那濡溼的目光刺向彌代，彌代垂下頭。只見慶子臉色蒼白，半邊臉頰泛紅，看樣子非同尋常。於是彌代脫口問道：

「小姐，您怎麼了？」

「……」

慶子沒答腔，眼神毫不游移地站起身。浴室傳來水聲。音子似乎正在調節熱水的溫度。可能是洗澡水燒過頭了，加水聲持續未停。

慶子站向掛在畫室牆上的鏡子前，拿出手提包裡的用品補妝，再拿起一把小小的銀梳梳頭。三面鏡梳妝臺和穿衣立鏡都在浴室前的小房間裡。

音子此刻已褪去衣物泡澡，慶子不方便過去化妝。慶子從衣櫃上方的抽屜裡，取出放在最上面的單衣。內衣也全部換過。接著她將手伸進套在長襯衣外的單衣衣袖，正想拉攏衣襟，手卻不好動彈。

「老師……」她突然叫喚起音子。

低著頭的慶子，在眼前的單衣衣袖和下襬的圖案中見到了音子的身影。那單衣的圖案是音子爲慶子作畫，並讓人在上面染成的。雖是夏天的花，但大膽又抽象，令人想不到是出自音子之手，雖知是牽牛花，看起來卻也像夢幻之花。用色採最近的新式和服風，深淺濃淡率性自由，感覺年輕又清涼。之所以做出這樣的和服，想必是因爲當時慶子整天黏在音子身旁，寸步不離的緣故吧。

「小姐，您要外出嗎？」彌代從隔壁房間喚道。

「妳看什麼？」慶子頭也不回說道：「要是看我，大可到我身旁來看。」

「……」

慶子察覺單衣前襟沒整好，腰間繫帶也沒綁好，彌代正詫異地望著她。

「您要出去嗎？」彌代又問了一遍。

「不出去。」

慶子右手提起單衣的下襬，左手抱著衣帶和衣帶襯墊，走向浴室前的小房間，同時語氣犀利地吩咐道：

「彌代，我忘了拿布襪，請幫我拿雙新的來。」

音子聽見慶子的腳步聲，從浴室裡喚道：

「慶子，水溫正剛好呢。」音子以爲慶子是來泡澡的。但慶子站在穿衣立鏡前繫起腰帶來，繫得很緊，幾乎都陷進了肉裡。

彌代將布襪放在慶子腳邊，默默離去。

「快進來啊。」音子又喚了一聲。

音子乳房以下都泡在熱水裡，以等候慶子的眼神望著門口的杉木門。慶子也該開門走進了才對，可門外一片悄靜，也沒有脫下衣物的動靜。

難不成慶子在顧忌著是否要裸身進來而躊躇不決呢？這股猜疑刺痛了音子。音子驀然感到胸口一陣難受，從浴缸裡起身，扶著浴缸外緣跨出來。

慶子是不願讓音子見到自己和大木在江之島飯店過夜的身體吧？

慶子從東京返回，已是半個多月前的事。她在東京時去拜訪大木，被大木帶往江之島。回到京都後仍多次和音子一起泡澡，袒裎相見，不曾有一絲羞赧。話雖如此，今天在苔寺後山的置石前，慶子頭一次向音子坦言與大木在江之島過夜的事，來得突然。而且那番告白異乎尋常，古怪之至。

慶子是個妖媚的女孩，她的種種行徑，音子素來清楚，而且年勝一年。此外，在慶子與日俱增的妖媚中，音子多半也摻了一角。縱然不能說這一切都是音子一手調教而成，但確實是音子點燃了慶子心中的那把火。

站在沖澡處的音子，額上冒出豆大的汗珠。手摸向額頭，觸感冰涼。

「慶子，不進來泡嗎？」音子問。

「是的。」

「不進來泡？」

「是的。」

「大致沖一下汗也好……」

「我沒出汗。」

「……」

「老師，對不起。請您原諒我……」

慶子的聲音清亮地響起。

「原諒……」音子接下慶子這句話。「抱歉。我才要向妳道歉。」

「……」

「妳站在那兒做什麼？妳在那兒嗎？」

「繫腰帶呢。」

「咦？繫腰帶……妳說繫腰帶？」

音子心下一陣疑惑，急忙擦乾身子。

接著她推開杉木門走出，見到打扮得明豔動人，站在她面前的慶子。

「啊，妳要出去？」

「是的。」

「去哪兒？」

「去哪兒嗎……我也不知道。」慶子那一如平時的目光中，暗藏著一縷愁色。

音子像爲自己的赤身露體感到羞慚般，披上浴衣。

「我也一起去。」

「嗯。」

「不行嗎？」

「不，老師。」慶子轉身背對音子。穿衣立鏡上映出慶子的側臉。「我等您。」

「是嗎。我這就來準備。妳讓開。」

音子繞過慶子身旁，坐向梳妝臺前。在鏡中與慶子四目交接。

「去木屋町如何？去阿豐那裡……請幫我打通電話訂位。要是訂不到納涼床的座位，就訂二樓四張半榻榻米大的包廂。對了，哪個包廂都沒關係，只要面河就行……要是訂不到面河的座位，就取消吧。我再想別的地方。」

「好的。」慶子頷首。「老師，我去拿冰水來。放點冰箱裡的冰塊……」

「好，我看起來很熱嗎？」

「是的。」

「妳去拿吧，我會小心不碰壞化妝水的瓶身的……」音子將右手瓶裡的化妝水滴在左手心上。

慶子拿來的冰水，涼意直沁音子的胸腑。

打電話得到寺院裡的住家借用。

音子匆忙更衣時，慶子已經返回。

「阿豐店內的人說，納涼床八點半後有人訂了，若是在那之前，歡迎前來。」

「八點半啊。」音子暗自低語。「八點半……應該可以吧。早點去，還能悠哉地吃晚餐。」

接著，音子將三面鏡兩側的鏡子拉到面前，頭伸進去，望著鏡中的自己。

「頭髮就這樣吧。」

慶子點頭。她伸手搭向音子身後的腰帶，動作輕柔地調整和服的脊縫。

火中的蓮花

《都名所繪圖》中的《四條河原夕涼》這一節，常爲描寫鴨川納涼的文章所引用。

「……東西之青樓設高臺於河畔，華燈密如繁星，河灘上折凳一字排開，藉河面流光設宴，紫帽隨河風翩然翻動，膚色白淨美少年，見明月皎潔，心生嬌羞，舉扇掩面，美豔無倫，兼蓄一分清雅，觀者無不心馳神往，目不能移，心神恍惚。娼伎鬥豔，妝容猶勝芙蓉，蘭麝薰香濃密，飄送南北……」也有說書或模仿藝人登臺表演。

「猿狂言、犬相撲、曲馬、曲枕、麒麟走索樣似鞦韆，嗩吶之聲震天響，涼粉店水流滔滔避暑氣，玻璃聲叮噹回蕩引涼風。和漢名鳥、深山猛獸，皆齊聚於此，供人觀賞，無貴賤之分，遊宴河畔……」

元祿三年夏天，芭蕉也來到此地留下筆墨：「四條河灘納涼，從向晚月夜，直至拂曉，河中擺設高臺，飲酒作樂。女子腰帶綁法講究，男子身著短外罩，法師、老人亦混雜其間，木桶店、打鐵店之弟子，也把握良機引吭高歌。不愧是京都景致。

河風起，淡淡柿色衣，向晚納涼意。」

「整面河灘搭建起各類表演、雜耍、珍奇展示等舞臺，提燈、座燈、篝火之光亮如白晝。」這便是河灘納涼風光。明治末期，還推出旋轉木馬、幻燈片等項目，到了大正年間，京阪電車行經東岸，將河底掘深後，便禁止此類活動，而變成現今這樣，上木屋町、先斗町、下木屋町一路相連的高臺，而描寫昔日河灘納涼光景的文字中，音子對「紫帽隨河風翩然翻動，膚色白淨美少年，見明月皎潔，心生嬌羞，舉扇掩面，美豔無倫……」分外有印象。文中的「膚色白淨美少年」，在月夜的河灘上，混雜於熱鬧喧騰的人群中。那美少年的美豔之姿，浮上音子心頭。

——慶子最初出現在音子面前時，音子將慶子看成猶如那美少年的少女。

此刻在平時暱稱阿豐的這家茶屋「豐沛」的高臺上，音子憶起當時的情景。比起當時活像美少年的慶子，不如說古時那位「膚色白淨美少年」恍似有著女性的俊俏。音子回顧過往，總認為是自己讓從前的慶子變成了今日的慶子。

「慶子，妳還記得頭一次來我這裡的情景嗎？」

「討厭，老師。」

「我還以爲是妖精走了進來呢。」

慶子拾起音子的手，將她的小指含進嘴裡咬下，抬眼望著音子。接著低語道：

「春日的向晚時分，庭園蒙上淡藍色暮靄，妳浮現在暮靄中，緩步走來……」

這是音子說過的話。當時她說因暮靄之故，慶子看起來更像妖精。慶子記得這番話，此刻又重複說了一遍。

兩人也曾多次像此刻一樣，聊及這段回憶。慶子很清楚，當說出這段回憶時，音子便會對愛上慶子一事感到懊悔、苦惱，深深自責，也正因如此，反倒讓這股愛的執著增添幾分奇異的魔力。

「豐沛」南邊的隔壁茶屋，高臺的四個角落立著高腳燈籠，來了一名藝伎和兩名舞伎。一名稱不上年邁，卻肥胖且禿頂的客人，望著河川，漫不經心地朝向他搭話的舞伎們點頭。這位客人是在等同伴到來，抑或在等夜晚來臨呢？高腳燈籠雖早已點亮，但在夕陽殘照下顯得無精打采。

雖說比鄰，但只要從那端高臺的邊角及豐沛這頭高臺的外緣，伸長了手就能搆著，可說近在咫尺。此外，每家店的高臺都是朝沿著鴨川西邊石牆而流的禊川伸出而建，其間亦未加設圍牆。不光隔鄰的高臺，連更遠的高臺都一覽無遺。相連的高臺得以彼此遙望，這才是帶有河岸風情的清涼。高臺當然是露天的。

慶子全然不在意隔壁高臺上的目光，咬住音子小指的牙齒暗暗使勁。小指的痛楚傳向音子腹部。但音子沒抽回手指，不發一語。慶子的舌頭舔弄著小指的指尖，隨後從口中吐出小指說道：

「一點也不鹹。因爲老師您泡過澡了……」

「……」

鴨川以及市街對面的東山那開闊的景致，化解了音子將螢火蟲竹籠一腳踢飛時的焦躁情緒。待心情平復後，她不禁覺得慶子與大木年雄在江之島飯店過夜，讓慶子變成這樣的女人，也全是自己的罪過。

——慶子自高中畢業不久，便前來拜訪音子。她在東京看過音子的畫展，並在某週刊畫報上見到音子的照片後，從此對音子無比景仰。

那年，音子在京都舉辦的關西美術展展出的畫作不僅得獎，還大獲好評。或許也因繪畫的題材加分不少。

她藉由明治十年的祇園名伎加代的照片，畫下舞伎猜拳的姿態。這張照片其實經過特殊處理，猜拳的兩名舞伎都是加代，服裝也一樣。攤開雙手手掌的舞伎幾乎是正面面向鏡頭，而雙手握拳的舞伎則微微側身，兩人無論是手的構圖、身體和臉的對應，音子都覺得很有意思。照片右邊張開手掌的舞伎的大拇指與食指分開，四根手指往後翻。從肩頭到底襟那身古味盎然的寬大花紋服飾（由於是黑白照片，看不出顏色），音子也覺得饒富興味。兩人之間擺著一只木製的方形火盆，上頭懸掛鐵壺，一旁擺有酒壺，但看起來很粗糙，破壞畫面，音子便都省略了。

當然，音子同樣也將一名舞伎畫成兩人在猜拳。一名舞伎即是兩名舞伎，兩名舞伎即是一名舞伎，或者說既非一人，也非兩人，予人奇異的感受，這就是這幅畫的精髓。即使是老舊的特殊處理照片也有這樣的巧思。音子爲了避免淪爲一道無趣的構思，便在舞伎的臉部投注不少心血。照片中略顯臃腫的服飾圖樣，對作畫的音子而言成了很大的助力，生動凸顯出畫中的四隻手。音子雖未完全按照片作畫，但在京都應該不少人一眼就看出靈感出自昔日那位名伎的特殊照片。

來自東京的畫商對這幅舞伎畫感興趣，前來拜訪音子。隨後在東京展出音子的小品畫作。慶子就是在那時見到音子的畫。慶子得知上野音子這位京都畫家的名字並非必然，只是偶然的機緣。

週刊畫報之所以採訪音子，也是因爲那幅舞伎畫在京阪頗獲好評。或許也是這位畫家相貌出衆吧。音子被畫報的攝影師和記者帶著跑遍京都，拍下大量的照片。不，既是造訪音子喜愛的景點，該說是音子帶著畫報的人四處跑。接著在大開本的畫報以多達三頁的篇幅報導音子的特輯。其中也刊出舞伎那幅畫的照片，以及音子的照片。但還是以京都的風景照爲主，音子只是點綴的人物。會交由音子挑選她喜歡的景點，或許是考慮到由畫報裡的人介紹，恐怕會淪爲平凡無奇的名勝景點，但若由京都的女畫家介紹，則成了鮮爲人知的祕境，拍起照來才有效果。音子並未將此做法曲解爲遭到利用，她只知道自己的照片被刊出三頁，而照片中的背景並非京都常見的名勝。

但是，對京都一無所悉的慶子，根本不懂這些照片拍攝的場所充滿著觀光客所不知道的京都魅力，她只從畫報上見到音子的美。音子深深吸引了慶子。

從淡藍色的暮靄中出現在音子面前的慶子，說想學畫，請音子留她在身邊。那是緊緊抓住音子不放的口吻。慶子在音子眼中之所以像妖精，也許是慶子冷不防緊緊抱住她的緣故。就像是心中的情欲突然就此點燃般。

「突然提出這番要求，妳父母同意嗎？若不同意，我可無法答應妳喔。對吧？」音子如此說道。

「我沒有父母，我的事由我自己決定就行了。」慶子說。

音子露出再次打量慶子的眼神。

「也沒有叔叔、嬸嬸，或是兄弟姊妹？」

「我是兄嫂的累贅。他們有了孩子後，我更顯得礙事。」

「有了孩子，又怎麼會礙事？」

「我很疼愛孩子。但我疼愛的方式，惹得兄嫂不高興。」

「……」

慶子跟在音子身旁四、五天後，慶子的哥哥捎來一封信，說慶子是個瘋癲的任性姑娘，也許連當女傭都不夠格，一切就多關照云云。還寄來了慶子的衣物和生活用品。從那些物品來看，慶子似乎來自富裕人家。

慶子說她疼愛孩子的方式不合兄嫂的意，在與慶子共處一段時日後，音子很快便明白是怎麼回事。的確不正常。

那是慶子來此落腳七、八天後的事。慶子一再央求，要音子試著將自己的髮型梳成老師喜歡的樣式。音子撫摸慶子的頭髮時，一時不經意握住頭髮往後拉。

「老師，再使勁拉……」不料慶子說：「抓住頭髮，將我整個人拉起來……」

音子一驚鬆開手。慶子立時轉身，嘴脣和牙齒貼向音子的手背說道：

「老師，您第一次接吻是幾歲？」

「怎麼突然問這種事……」

「我是四歲那年。我記得很清楚。是母親那邊一位遠房的舅舅，那時他約莫三十歲，我很喜歡他，他獨自坐在我家的客廳時，我快步走上前吻了他。舅舅嚇了一跳，忙伸手擦嘴。」

——音子在鴨川的高臺上，也想起慶子年幼時接吻的事。四歲便與男人接吻的嘴脣，像是已爲音子所有，如今還不時會含住音子的小指。

「老師，我也記得您第一次帶我去嵐山。那天正下著春雨。」慶子說。

「是啊。」

「還有那家烏龍麵店……」

那是慶子來到音子的住處兩、三天後，音子帶著慶子從金閣寺、龍安寺，一路繞往嵐山。從渡月橋前方往上爬一小段路，走進河岸的一家烏龍麵店。店裡的老婦人說，這雨下得眞不巧。

「下雨也很好。很好的春雨。」音子答道。

「哎，眞是。謝謝您了。」店裡的老婦人微微低頭致謝。

慶子望著音子低語：

「她這是替天氣來向您道謝嗎？」

「咦？」由於老婦人的語氣自然，音子一時沒察覺。「是啊，她是替天氣說……」

「眞好玩。替天氣向人道謝，好有趣。」慶子接著說道：「在京都，都是這樣嗎？」

「這個嘛，該怎麼說呢。」

老婦人那番話，的確像是替天氣向人道謝。音子她們專程來到嵐山，不巧下起了雨，老婦人的話也許只是寒暄。音子回她一句「下雨也很好」卻不只是回應寒暄。音子眞心認爲春雨中的嵐山也很美，所以才那樣說。老婦人向音子道謝，像是替天氣、或是替下雨的嵐山表達謝意。這或許只是嵐山的麵館主人對客人的寒暄，在慶子聽來卻是難得一聞。

「眞好吃，老師。我喜歡這家麵店。」慶子說。這是計程車司機介紹的烏龍麵店。由於是雨天，音子便包下四小時的車前來。

雖然正值花季，但因爲下雨，嵐山的遊客也少得驚人，這也是音子覺得「下雨也很好」的原因之一。此外，煙霧迷濛的春雨，讓河流對岸的山林更顯柔美。走出烏龍麵店，她們望著那座山，走向計程車等候的地方。眼前細雨霏霏，沒打傘也感覺不出身子被淋溼。細雨未待落向河水便消失無蹤。綠葉和新葉間混雜著櫻花的山林，群樹萌芽展露的各種顏色，在春雨中顯得柔和。

因春雨而增色的不僅僅是嵐山。苔寺和龍安寺也是如此。苔寺的庭園裡，在濡溼後色澤鮮豔的青苔上，開滿馬醉木的粒粒小白花，在那綠白交錯間落著一朵紅色山茶花。花仍保有原形，朝向天際一如從中綻放而出。龍安寺石庭的岩石也在雨水滋潤下，展現出原本的色澤。

「在茶室裡擺上古伊賀燒的花瓶時，不都會浸溼嗎？同樣的道理。」音子說。慶子不懂伊賀燒的花瓶，對於眼前石庭的岩石色澤也一無特殊感受。

但是，寺院境內路旁的樹木上仍凝聚著雨珠，在音子提醒下，慶子目光停在雨珠上頭，留下深刻印象。小松樹的松針尖端都掛著一滴雨珠。每個松葉尖端都有，松葉看起來像花莖，盛開朝露之花。一不留神便就此錯過，是說來微妙的春雨之花。不光是松葉，楓樹這類初萌芽、還未舒展開來的嫩葉，上頭都掛著雨珠。

松葉尖端掛著一滴雨珠，自然不止於京都，每塊土地上隨處可見。但慶子第一次眞切地凝視著，並牢記心中，就像這本是京都的風物。松葉上的雨珠、麵店老婦人的寒暄，成了慶子對京都的第一印象。可能也是因爲初來乍到，並且是音子頭一次帶著出外散步之故。

「那位烏龍麵店的老婦人應該還很硬朗吧。」慶子說：「老師，那之後就沒再去過嵐山呢。」

「是啊。冬天的嵐山，與春秋兩季的風貌不同，我覺得是最好的時節。潭水的顏色也顯得冷峭。下次去一趟吧。」

「要等到冬天嗎？」

「冬天也快到了。」

「哪裡。接下來是盛夏，然後是秋天……」

「什麼時候去都行啊。」音子莞爾一笑。「明天去也……」

「那就明天去吧，老師。我要對烏龍麵店的人說，炎熱時節的嵐山也很好。那位老婦人可能又會向我們道謝，說一句『是啊，謝謝妳』，替炎熱的天氣致謝。」

「替嵐山致謝。」

慶子望向河那頭說道：

「老師，到了冬天，這裡的河灘就看不見情侶了吧。」

這裡不該叫河灘。在高臺底下的禊川和鴨川之間，以及鴨川與東邊的水道之間，兩座河堤如步道般，不少年輕情侶會來到河堤上。可說所見到的人們幾乎都是來此地幽會。帶孩子同行的家族則相當罕見。年輕男女依偎而行，或是坐在河邊倚著彼此。隨暮色漸濃，人也愈來愈多。

「冬天這一帶很冷，難以久待吧。」音子說。

「不知能否持續到冬天。」

「妳指的是……？」

「這些人的愛情。雖然不知幾對，但在冬天到來前肯定有人不想再見到對方。」

「妳看著他們，心裡這麼想嗎？」音子說道。慶子點點頭。

「爲什麼非得這麼想呢？」音子又問：「妳還這麼年輕……」

「因爲我不像老師這麼傻，二十多年來還思慕著那個害苦了您的人。」

「……」

「您明明被大木老師拋棄，卻遲遲不願清醒。」

「請別說得這麼難聽。」音子轉開臉不看慶子。慶子伸手，將音子後頸髮際處的雜毛往上攏。

「老師，您拋棄我……」

「咦？」

「您現在能拋棄的人，就剩慶子了。請拋棄我吧……」

「要我拋棄妳，這是什麼意思？」音子想輕鬆帶過，目光與慶子相接。一邊伸手理著慶子才撩上去的雜毛。

「就像您被大木老師拋棄那樣。」慶子緊纏不放，打探著音子的眼神。

「老師您不願意當自己是被他拋棄，所以您似乎從來不這麼想。」

「說什麼拋棄、被拋棄，這字眼多難聽啊。」

「挑明了說清楚，很好啊。」慶子眼中閃著妖媚的光芒。「既然這樣，那我問老師，大木老師當初是怎麼對您呢？」

「分手了。」

「才沒分手呢。大木先生至今仍在老師心中，而老師至今也在大木先生的心裡。」

「慶子，妳究竟想說什麼？眞搞不懂妳。」

「老師，今天我覺得自己已經被您拋棄了。」

「剛才在家裡，我不是向妳道歉了嗎？是我不好。」

「道歉的人是我。」

事後爲了和好，音子帶慶子來到木屋町的高臺，但兩人之間是否眞的打從內心和好如初呢？慶子的個性，似乎無法安於平靜無波的愛，平時就常與音子違抗、爭論、使性子，但今天與以往不同，她坦白說出與大木在江之島過夜，深深傷了音子。平時靜靜躺在自己臂彎裡的慶子，此時卻像是一頭與自己正面相抗的動物。慶子雖說要爲音子向大木復仇，音子總覺得慶子像是對自己復仇。此外，音子對身爲男人的大木感受到一股全新的恐懼和絕望。哪個女人不挑，偏偏來勾引音子的女弟子。

「老師，您不拋棄我嗎？」慶子又問了一遍。

「妳這麼希望我拋棄妳，要我拋棄也行。這也是爲妳好。」

「不，我討厭您這麼說。」慶子搖頭。「我從沒想過爲自己好。只是想待在老師身邊……」

「離開我，是爲了妳好。」音子極力保持平靜的語氣說道。

「在老師心中，早已拋棄我了吧？」

「才沒有呢。」

「老師，我好高興。我以爲自己會被您拋棄，爲此傷心難過。」

「是妳這麼做吧？」

「我……？您的意思是，我拋棄您？」

「……」

「我就算死，也絕不會離開老師。」慶子說得激動，執起音子的手，又朝她的小指咬下。

「好痛。」音子縮著肩，抽回手指。「不知道這麼咬很痛嗎？」

「就是想咬痛您的。」

向餐館訂的菜餚送到高臺。女侍擺放菜餚時，慶子冷冷地別過臉，望著叡山上群聚的燈火。音子和女侍說著應酬話，一手搭向另一手的手指上。因爲她覺得上頭似乎還留有慶子的齒痕。

女侍進屋後，慶子持筷從湯裡夾起一小塊海鰻送入口中，低頭說道：

「老師，您要是能試著拋棄我多好。」

「妳眞是固執。」

「老師，我是個能讓自己喜歡的人拋棄的女孩。這樣很固執嗎？」

「……」

音子沒回答。女人對女人，或許比女人對男人更爲固執，一思及此，平時那苦澀的感覺便湧上音子心頭。被慶子咬的小指本該已經不疼了，卻傳來針刺般的痛楚。而咬手指這種事，不也是音子教會慶子的嗎？

那時慶子才待在音子身邊沒多久，有一天，在廚房裡炸食物的慶子急急忙忙來找音子。

「老師，被油濺到了……」

「燙傷了嗎？」

「又灼又痛。」慶子將手伸向音子。指尖泛紅。音子執起她的手說：

「這樣還不算燙傷呢。」音子說著，將慶子的手指含進口中。由於突如其來，所以等慶子的手指碰觸到舌頭後，才猛然意識到這件事。音子慌忙吐出手指，卻換慶子將那手指含進口中。

「老師，舔就會好嗎？」

「慶子，東西炸得怎樣了？」

「哎呀，我都忘了。」慶子急忙跑向廚房。

之後不知又過了多久。夜裡，音子會將嘴脣貼在慶子的眼皮上，或將慶子的耳垂含在嘴裡。慶子耳朵怕癢，便扭動著身軀呻吟出聲。這勾起音子的情欲。

音子對慶子這麼做的時候，也會不自覺想起，這和大木當年對她做的事一樣。或許因爲當時音子還是個少女，大木沒有急著吻她的嘴脣。大木先是不住吻她的額頭、上眼皮、臉頰，少女的音子任由男人愛撫，慢慢放鬆身子。慶子比那時還是少女的音子大上兩、三歲，而且不同的是對象爲同性，但比起受大木以同樣方式愛撫的音子，慶子的反應更爲強烈。她很快便沉溺其中。

然而，音子將以前大木對她做的事，同樣施加在慶子身上，這麼做令她心生內疚，胸口緊縮。可與此同時，卻感受到一股顫慄般的活力。

「老師，不要。老師，不要。」慶子邊呻吟著，邊以赤裸的酥胸貼向音子的胸脯廝磨。

「老師的身體不也和我一樣嗎？」

音子猛然向後抽身。

慶子又湊近她磨蹭。「您看，和我的身體一樣呢。」

「……」

「一樣吧，老師。」

音子不禁懷疑慶子早已嘗過男人的滋味。慶子這種似是乘人不備的口吻，音子還聽不慣。

「才不一樣。」音子低語。慶子伸手探向音子的胸，動作毫不遲疑，但手指和手掌似乎帶了點嬌羞。

「別這樣。」音子一把抓住慶子的手。

「老師好奸詐。」慶子的手指使足了勁。

二十多年前，十六歲的少女音子任由大木年雄愛撫她的酥胸，當時她也說「老師，不要。老師，不要」。音子的這句話，大木如實寫進了《十六、七歲的少女》中。就算他沒寫，音子也不可能忘記，但在大木寫下之後，自此成了無法抹滅的話語。

但慶子說了一樣的話。這是因爲慶子讀過《十六、七歲的少女》嗎？還是在這種情形下，女孩就是自然而然會說出來呢？

《十六、七歲的少女》中也描寫了十六歲的音子的乳房。能撫摸這麼可愛的乳房，是人生少有的幸福，是上天的恩惠，大木將這樣的對話寫進書裡。

音子沒能哺育母乳，所以乳頭顏色較深。這顏色就算過了二十年，也只褪去了一點點。三十三、四歲以後，她的乳房明顯看得出來逐漸下垂。

這下垂的乳房，慶子在泡澡時見過，也的確伸手摸過。音子以爲慶子會說些什麼，但慶子完全沒提。而如今由於慶子的緣故，音子的乳房再度變得飽滿，兩人都心知肚明，卻誰也沒開口說什麼。慶子也許視此爲勝利，其默不作聲的態度反倒啟人疑竇。

音子有時會覺得胸部是因敗德的病態誘惑而鼓脹，並湧上難以言喻的羞恥，但對於年近四十的身體變化所感受到的驚訝，遠勝過這一切。此刻的驚訝，與十六歲那年大木帶來的驚訝，以及十七歲那年因懷胎而引起胸部形狀變化的驚訝相比，當然又有不同。

音子與大木分手後這二十年來，從未讓人摸過她的胸部。這期間，音子的青春、女人的歲月悄悄流逝。而後撫摸音子乳房的，是同性的慶子。

音子隨母親遷往京都後，也曾有幾次戀愛或結婚的機緣。但她都避開了。一旦得知男人喜歡上自己，昔日與大木的回憶就變得無比鮮明。與其說是追憶，不如說近乎現實。十七歲與大木分手時，音子便已決心終生不嫁。不，她只是因爲悲傷而方寸大亂，別說將來嫁人了，連明天日子怎麼過也無法想像。終生不嫁——當時這念頭掠過腦際，成了流年歲月中再也無法撼動的信念。

音子的母親當然希望女兒嫁人。之所以移居京都，只是想讓女兒遠離大木，讓女兒靜下心來，並非決定在京都長住。

來到京都後，母親一面撫慰女兒，一面觀察女兒的情況。初次向女兒提起婚事，是音子二十歲那年的事。那是在仇野念佛寺的千燈供養之夜。就在嵯峨野的深處。

那些小而古舊的石塔，據說是無主孤魂的墓，排列在此，不計其數，站在這令人深深感受到人世無常的西院河灘上，望著墓石前點亮供養孤魂的「千燈」，音子的母親眼中噙著淚水。在四下幽暗的夜裡，成群微弱的點點燈火，爲眼前成群的石塔增添了幾分無常。音子發覺母親眼中的淚水，卻什麼也沒說。

兩人返家時行至鄉間小路，路上也同樣幽暗。

「真寂寞啊。」母親說：「音子，妳不覺得寂寞嗎？」

光是寂寞一詞，母親就說了兩遍，但兩者前後意思似乎有所不同。母親說了一位東京友人前來替音子說媒的事。

「我嫁不出去，覺得對媽媽很抱歉。」音子說。

「世上才沒有嫁不出去的女人。」

「有的。」

「妳要是不嫁人，以後媽媽和妳都將變成無主孤魂呢。」

「我不曉得變成無主孤魂是什麼意思。」

「就是死後沒有親人祭拜的亡靈。」

「我知道，我不懂的是這又會變得如何。」

「……」

「那也是死後了吧？」

「不只是死後。沒有丈夫和孩子的女人，雖然活著，卻也和無主孤魂沒兩樣吧？妳不妨設想，要是我沒有妳這個孩子會變得怎樣。雖然妳現在還年輕……」母親躊躇片刻後說道：

「妳不是常畫嬰兒的臉嗎？妳打算持續到什麼時候？」

「……」

母親將這椿婚事的男方情況都說了。聽說是位銀行職員。

「妳若有心和對方見個面，我們就去一趟久違的東京吧。」

「聽您這麼說，您猜我眼中看見了什麼？」音子問。

「看見什麼？」

「鐵柵欄。我看見醫院精神科窗戶的鐵柵欄。」

母親倒抽口氣，不再言語。

從那之後，母親在世時，又兩、三次向音子提及婚事

「音子，妳就算忘不了大木先生，也沒辦法向他表露這份心意吧？大木先生是感受不到的。妳根本沒辦法為他奉獻一切吧？」母親與其說是向音子曉以大義，不如說是訴之以情，力勸音子嫁人。

「等待永遠等不到的大木先生，就像在等待過去，逝去的流水和時間永遠無法倒流。」

「我沒在等待。」音子回答。

「難道只是回憶？只是忘不了？」

「不，不是。」

「是嗎？」

「……」

「人們不是常說『年紀未到』嗎？也許音子就是在年紀未到、仍不辨是非的當口，被大木先生逮住了，才會傷得這麼深，久久無法痊癒。我恨大木先生，竟然對年紀這麼小的女孩做出如此殘酷的事。」

母親這番話佇留在音子心中。音子心想，難道因爲是年紀未到的少女，才會得到那樣的愛嗎？十六歲的音子肯定還是個孩子，還無法分辨是非。也許正因如此，她盲目的狂熱反而才無止盡。她全身痙攣，咬向大木的肩膀，流出血來卻渾然未覺。

那是已和大木分手，搬來京都後的事了。音子讀了《十六、七歲的少女》，最詫異的是大木在前來見音子的路上，滿腦子想的全是今天將音子摟進懷裡後要如何翻雲覆雨。而且大致也照著他所想的做了。儘管書中寫道，一路上想著這些事，是令大木內心雀躍的歡愉，而音子對於男人的這種心態只是詫異，原來男人有這樣的一面。一個被動的女人，況且仍是少女的音子，對於男人預想的做法和順序全然料想不到，只是任由擺布，照著要求去做。正因是少女，反而對大木毫不懷疑。大木卻在這一點上，將音子描寫得既是異常的少女，也是女人中的女人。而大木描寫自己從音子身上，體驗到各種與女人交歡的方式。

讀到這些描寫時，音子燃起屈辱的怒火。但不久，她便清楚憶起昔日與大木交歡的情景，身子難以自抑地變得僵硬，幾乎就要顫抖。待情緒逐漸平靜，歡喜與滿足竟湧遍體內。昔日的愛在現實中復活了。

從仇野的千燈供養歸途，走在昏暗的小路上，音子眼中所浮現的不只是病房中鐵柵欄的幻影，還有自己與大木溫存的身影。

倘若大木沒在書中寫到自己曾嘗試各種與女人交歡的方式，音子與大木纏綿的姿態或許不會經過這麼多年仍鮮明地留在她記憶中。

在江之島的飯店裡，慶子說大木摟著她，在緊要時刻，她「不由喊了『上野老師、上野老師』，他就再也做不下去了」。音子乍聽此事，在憤怒和嫉妒中增添了絕望而臉色慘白，但內心深處感到大木也同樣想起了音子。但那不僅僅是在心裡回憶，想必是擁抱音子的姿態驀然鮮明地浮上眼前吧。

隨著歲月流逝，與大木交歡的身影在音子心中逐漸得到淨化。由身體的姿態漸漸化為內心的姿態。現在的她並不潔淨。現在的大木也並非潔淨的吧。然而，二十多年前兩人緊緊相擁的情景，如今腦中所見的姿態，在音子眼中卻是無比潔淨。那是她，又不是她，已非現實而仍爲現實。那是兩人昇華而來的神聖幻影。

而今慶子即便當著音子面前，也在小腿、手臂、腋下塗抹除毛膏。剛來音子這裡時，好一陣子自然是瞞著沒讓音子看見。浴室裡傳來難聞的氣味時，音子問「妳做了什麼？好怪的氣味，那是什麼」，慶子也沒有回答。音子沒必要使用除毛膏，所以她對此毫無所悉。她的肌膚光滑，像是連一根汗毛也沒有。

頭一次見到慶子單膝跪地塗抹除毛膏時，音子嚇了一跳，不覺蹙眉。

「好怪的氣味，是什麼呀？眞不舒服。」

見到慶子的體毛隨著擦除的藥膏脫落。

「啊，好噁心。別擦了，別擦了。」音子摀住眼。「看得我雞皮疙瘩直冒。」

音子眞的渾身發冷，差點起雞皮疙瘩。

「這麼做眞噁心啊。妳都這麼做嗎？」

「哎呀，老師，不是任誰都這麼做嗎？」

「……」

「有體毛，您摸起來會覺得噁心吧？」

「……」

「既然是女人，我還是……」

慶子的意思是，除毛是爲了讓音子撫摸。儘管音子也是女人，慶子還是希望自己有著光滑的肌膚。見到除毛的模樣所感到的厭惡，以及慶子那露骨的話語中流露的愛意，都教音子心口悶得慌。直到慶子到浴室洗去藥膏，那撲鼻的惡臭仍殘留不散。

慶子回到音子身旁時，撩起衣服下襬，伸出腿來說「老師，妳摸摸看。變得很光滑呢」。但音子只是低頭瞥了慶子白皙的玉腿一眼，並未伸手去摸。慶子自顧自伸著右手撫觸小腿，對音子說「老師，您爲何露出困惑的神情呢？」，那望著音子的眼神似乎在說「怎麼現在才在意這種事呢」。音子避開她的目光。

「慶子，以後請在我看不到的地方做吧。」

「我已不想再瞞著老師做任何事了。我已沒有什麼瞞著您的了。」

「可是，我不喜歡見到的事，也沒必要刻意讓我看吧。」

「這種事，只要老師您看慣了，也就沒什麼。和剪腳趾甲一樣的道理。」

「在人前剪指甲、修指甲，總是沒規矩的行爲。尤其剪下的指甲會亂飛……請用手護著，避免飛散一地。」

「是。」慶子頷首同意。

但是，之後慶子雖未刻意讓音子看見她清除手腳汗毛的模樣，卻也未刻意遮掩。而音子也無法像慶子所說的那樣從此習以爲常。後來慶子似乎換了別款除毛膏，或是同一款除毛膏稍加改良，惡臭已不像先前那般撲鼻，但慶子除毛的模樣，音子看了還是覺得噁心。塗抹在小腿和腋下的毛隨著抹除上頭的藥膏而脫落，那般情景音子實在看不下去。這時她會自行離開，眼不見爲淨。但她厭棄的心底又有一簇火焰，燃了又滅，滅了又燃。那把火既遙遠又微弱，彷彿連內心也無從捉摸，但它平靜而潔淨得不似搖曳的情色之火。平靜而潔淨，是因爲她想起了二十年前的大木年雄以及還是少女的自己。音子一見到慶子除毛便油然升起的厭惡之中，存有女人與女人肉體接觸、朝肌膚直逼而來，在反省前即欲作嘔之感，但當想起大木，心情卻異常地平靜下來。

與大木交歡時，音子未曾想過腋毛的事。此外，她也從沒想過身爲男人的大木是否有腋毛這種事，似乎也不曾以肌膚去感覺過。或許可說當時已渾然忘我了吧。相較之下，音子對於慶子則懷著一份從容，中年人的情欲早已成熟。自從十七歲那年被迫與大木分手後，直到邂逅慶子，音子可說是形單影隻，但慶子讓她明白到，這段時間，音子身爲一個女人而日漸成熟。對此，連音子自己都感到驚訝。倘若撫摸音子的不是同樣身爲女人的慶子，而是男人，那麼音子暗暗在心中守護的深愛大木的神聖形象，恐將立時崩毀。

音子曾被迫與大木分手，企圖自殺未遂，但她認為當時要是就這麼死了，便是短暫卻淒美的一生，這個念頭始終真實而深刻地存在於音子心中。在自殺未遂前，在嬰兒死亡前，若能在產子時喪命，就不會被關進精神科的鐵柵欄裡，更能保有一份美。在悄然流逝的漫長歲月中，這個想法，淨化了大木對她造成的創傷。

「妳是我無福消受的可愛。不似人一生中會遇見的奇蹟之愛。而這般幸福所付出的代價，恐怕只有死刑了。」大木的甜言蜜語，至今仍在音子耳畔迴盪。甚至讓人覺得，大木在小說《十六、七歲的少女》中以情意綿綿的口吻所展開的對話，如今已脫離作者大木及人物原型音子，化為世間永恆不滅的話語。換言之，昔日相愛的音子與大木恐怕也已消逝，徒留兩人的愛深植於文學作品中，永恆不滅，這份慰藉和懷念，存在於音子的哀戚中。

音子的母親留下一把刮臉的剃刀。沒長汗毛的音子一年連一次也沒用過，但有時心血來潮，便拿起母親那把剃刀，刮起了後頸、額頭、嘴角四周的毛。一日，她見慶子正要除毛。

「慶子，我幫妳刮毛吧。」冷不防說道，從梳妝臺取出母親的剃刀。慶子一見剃刀，便說著「不要，老師。我怕、我怕」，急忙逃開來。慶子逃跑，反而誘使音子追上前。

「一點也不可怕啊。讓我幫妳刮吧。」

慶子被捉住後不再違抗，百般不願被帶往梳妝臺前。但是當音子朝慶子的手臂抹好肥皂，將剃刀抵上時，慶子的手指竟微微顫抖起來。音子萬萬沒想到，慶子竟然會因爲這等小事而發抖。

「沒事的。一點都不可怕，妳安靜別動，別發抖……」

但慶子的不安和恐懼，刺激著音子。那是誘惑。音子也爲之全身僵硬，胸部到肩膀一帶差點過度使勁。

「妳怕刮腋下，那就算了。那刮臉吧……」音子說。

「請等一下，讓我喘口氣……」慶子方才一直憋著氣。

音子刮除慶子眉毛上方的雜毛，還有嘴脣下方。刮額頭時，慶子閉著眼睛。音子的手撐起慶子的脖子，慶子的脖頸因承受頭部的重量，微微後仰。那細長的頸子擄獲了音子的目光。那是與慶子的性格截然相異，纖細、柔美、形狀姣好而嬌嫩的頸項，散發出青春的光輝。音子停下手中的剃刀。

「怎麼了？老師。」慶子睜開了眼睛。

音子驀然想，要是將這把剃刀劃向那可愛的脖子，慶子片刻便會沒命。從最可愛的部位下手殺了她，在這一瞬間，是輕而易舉的。

音子的脖子或許不像慶子那麼美，卻仍像少女般纖細。而且曾被大木的手臂環繞過。「好難受……會死掉。」當時她這麼說，脖子被緊緊勒住，呼吸幾乎要停滯。那幾近窒息般的痛苦從腦中甦醒，音子望著慶子的脖子，感到一陣暈眩。

音子替慶子刮除雜毛，只有那麼一次。後來慶子不願再刮，音子也不強迫她。每當要使用髮梳而拉開梳妝臺的抽屜時，母親的那把剃刀便映入音子眼中。音子也曾想起，在那瞬間從腦中閃現的朦朧殺意。萬一當時殺了慶子，自己當然也非死不可。那殺意連一閃而逝的惡魔也稱不上，但音子事後又想，自己就像個溫柔的惡魔般。也算是又一次讓死亡的機會溜走了吧。

音子明白，那閃現的殺意中暗藏了與大木逝去的愛。彼時慶子尚未見過大木，還沒介入音子與大木的愛情。

而此刻，音子聽慶子親口道出與大木前往江之島飯店過夜一事，音子與大木的那段舊愛彷彿在音子心中點燃了奇異之火。但是，音子看見了一朵白蓮花從火焰中綻放。她與大木的愛，是不會受慶子或任何人所玷汙的夢幻之花。

——音子的心中盛放著白蓮花，但她卻將目光移向木屋町的茶屋映照在禊川之上的燈火。低頭凝視了半晌。接著望向祇園後方那片幽暗的東山連峰。山峰的線條柔和渾圓，暗藏在山中的暗夜，彷彿悄悄朝音子流淌而來。對岸河畔道路上往來交錯的車燈、河中步道幽會的人群、這一側岸邊排成一列的茶屋高臺燈光與遊客，所有景物時隱時現，東山的夜色在音子的心中擴散開來。

「馬上就著手畫《嬰兒升天》吧。趁現在畫。再不趕緊畫，或許就畫不出來了。再等下去，就算畫得出來，恐怕也成了不同的作品。少了愛與悲傷的思緒……」音子在心中低語。這乍然湧現的強烈情緒，莫非是因爲目睹了火中綻放的蓮花？

在內心湧現的純粹思緒下，她感到慶子這女孩也有如火中的蓮花。爲什麼火焰中會綻放白蓮花呢？爲什麼白蓮花在火中不會枯萎凋零呢？

「慶子。」音子出聲叫喚：「心情好點了？」

「老師的心情好了，我就高興了。」慶子討好似的回應。

「過去，最令妳感到悲傷的事是什麼？」

「是什麼呢？」慶子一派輕鬆地接過音子的提問。

「多得數不清啊。我一一回想後再告訴老師。只是，我的悲傷向來很短暫。」

「很短暫？」

「是的。」

音子凝視著慶子，沉聲說道：「今晚我只拜託妳一件事。希望妳今後別再見鎌倉的那個人。」

「您是指大木老師，還是他兒子太一郎先生呢？」

令人意外的反問，刺痛了音子的心。

「兩人都是。」

「我只是想替老師復仇，才去見他們。」

「又說這種話！妳這女孩，真是可怕得教人吃驚。」音子說著，臉上表情驟變，淚水無來由溼了眼眶。她閉上了眼。

「老師害怕了，老師害怕了。」

慶子說著，站起身，繞到音子身後，雙手按向音子肩膀，把玩起她的耳朵。音子靜靜坐著，河流的潤潤水聲傳進耳畔。

千縷之髮

「哎呀，你來一下。」妻子從廚房叫喚大木。「一隻好大的老鼠先生，就躲在瓦斯爐底下。」

「是嗎？」

「好像還帶著孩子。」

「是嗎？」

「啊。你要是過來看就好了，可現在……」

「……。」

「剛才鼠少爺探出了可愛的臉蛋呢。」

「嗯。」

「那雙亮晶晶的黑色小眼珠望著我。」

「……」

大木正在茶室看報，一陣味噌湯的香味飄過來。

「哎呀，廚房上方漏水了。你聽見了嗎？」

起床時已經下著的雨，驟然間轉成傾盆大雨。還起了風。見到強風搖撼小山的樹叢和竹林時，風已繞往東邊吹拂而來，大雨也橫掃而至。

「外面颳風下雨的，聽不見……」

「你不來看一下嗎？」

「嗯。」

「雨滴先生被打向屋頂的瓦片，縮著身子從狹窄的縫隙落向天花板，想必很疼吧。眼淚般大小的雨滴先生可能真的成了眼淚，在那兒啜泣吧。」

「是啊。」

「今晚來架捕鼠籠吧。我記得捕鼠籠放在儲藏室的層架上。我手搆不著，你待會兒去取來吧。」

「將老鼠母子請入捕鼠籠裡，這樣好嗎？」大木的目光沒離開報紙，慢條斯理應道。

「漏水怎麼辦?」文子問。
「漏得很嚴重?也許是颱風下雨的緣故。明天我上屋頂看看。」
「太危險了,你年紀也一大把了……要上屋頂,讓太一郎上去吧。」
「什麼年紀一大把?」
「五十五歲,若是在公司或報社,不都能屆齡退休了嗎?」
「那倒好,我也屆齡退休吧。」
「請便,隨您高興……」
「小說家的退休年齡到底是幾歲?」
「到死爲止。」
「妳說什麼?」
「對不起。」文子向大木道歉,仍以平時的口吻應道:「我的意思是,你可以一直寫下去。」
「妳這期待可教人難以承受啊,尤其是出自妻子口中……就像身後站著鬼怪,高高掄起燃燒著烈焰的鐵棒一般。」
「你可眞會撒謊。我什麼時候在你身後鞭策過你?」

「嗯。但是，倒是會阻攔我。」
「阻攔？」
「各方面。還有嫉妒。」
「嫉妒是女人天生的本能。但託你的福，我從年輕時就明白了，那是苦口良藥，是毒藥，也是猛藥。」
「……」
「還是一把雙刃的妖刀。」
「傷人也傷己……」
「不管你做了什麼，我都不會再要求離婚，也不會想殉情。」
「都上了年紀還離婚，我才不要。況且，再也沒有比老人殉情更悲哀的了。要是上了報，比起年輕人對年輕戀人相約殉情的憧憬，老人見到老人殉情的報導，感觸想必更深刻。」
「因為你曾痛切地考慮過殉情……雖然已是遙遠的往事，你年輕時……」
「……」
「但是，你那時想一起死、一同共赴黃泉的痛切感受，似乎沒能傳達給那位少女。現在想來，當時該讓她知道你這番心思才好。她雖曾爲你自殺，但應該做夢也沒想到你打算和她殉情吧。眞是可憐。」

「她沒自殺。」

「是未遂。但她眞心尋短，所以和自殺無異。」

文子明顯說的是音子。她似乎正炒著豬肉和高麗菜，平底鍋中熱油滋滋作響。

「味噌湯煮過頭了。」大木說。

「是，是，知道了。這味噌湯我實在做不好……這麼多年來，老是因爲味噌湯而挨你罵。就因爲你從各地帶回各種味噌……」

「……」

「你是想讓老伴渾身味噌味吧？」

「妳知道味噌湯這個詞的漢字怎麼寫嗎？」

「寫平假名就行了吧？」

「是三個『御』字疊在一起，寫成『御御御付』。」

「是嗎？就像尊稱對方的腳是『御御御足』一樣呢。」

「自古以來，就是以三個御字來凸顯其重要性的料理，要拿捏火候哪裡容易呢。」

「味噌湯的味噌大人，您中意的味道，今早未能處理得宜，想必惹您不悅吧？」

文子從老鼠乃至於漏水，都一味地使用敬語，以此來調侃丈夫，這是常有的事。地方出身的大木至今仍無法正確寫好東京腔的敬語，每次不知該如何使用時，總會找東京長大的文子討論，但偏偏又不聽從妻子的指教，往往從爭執不下的辯駁演變成沒完沒了的爭吵。大木堅稱東京腔不是標準話，是傳統文化淺薄的粗俗方言，是鄉下方言。因爲關西腔不管談論什麼人，習慣上幾乎都會使用敬語，但東京腔在談論時則無這般禮數。大木對妻子毫不讓步，他又說關西腔連談及魚、蔬菜、山川、屋子、道路，甚至日月星辰和天候時，也一律使用敬語。

「既然你這麼說，找太一郎討論不就好了？太一郎不是國文學者嗎。」文子放棄爭辯。

「太一郎懂什麼。他或許勉強算是個國文學者，但根本沒深入研究過敬語的用法。他們那群學者的對話，簡直雜亂又低俗，教人難以入耳。連他自身的研究和評論，也寫不出什麼正統的日文。」

坦白說，大木對於寫東京腔時得找兒子討論，受兒子指導，內心非但不情願，甚至感到厭惡。問妻子還比較輕鬆，也親近得多。但是就連出身東京的文子，經大木一追問敬語的用法，也往往被弄糊塗了。

「國文學者中，能寫出格調不凡、邏輯通順的日文，或許只有早年漢文素養深厚的一輩人才辦得到。我都這樣提醒太一郎……」

「那和當今的會話用語不一樣。會話裡一些稀奇古怪的新用語，就像老鼠生孩子一樣，源源不絕，連重要的東西也毫不在乎咬碎，散落一地，這變化令人眼花撩亂……」

「那都是短命的，就算能留下來也遲早腐朽……就像我們的小說一樣。能撐過五年的少之又少。」

「流行語能撐過明天就算不錯了。」文子說著，將早餐搬往茶室。又不露聲色地補上一句：

「我的生命也是，從當初覺得你和那位小姐殉情也無所謂，能撐這麼久也不容易呢。」

「妻子這個行業也無法屆齡退休吧。眞可憐……」

「但可以離婚……一生哪怕只有一次也好，我也想嘗嘗離婚的滋味呢。」

「現在還不遲。」

「不要了。俗話不是說，機會沒有腦後的頭髮嗎[16]。」

「妳腦後的頭髮很濃密，連白髮都沒有。」

「你倒是額頭都禿了，所以也抓不住機會的前面頭髮了。」

16／ 原意指機會只有前面的頭髮，沒有腦後的頭髮，所以機會一來就要把握，一旦錯過就再也抓不住。

「我前面的頭髮是爲了防止離婚而犧牲了。因爲這麼不會吃醋的太太，可說是打著燈籠也找不到了……」

「我可是會生氣喔。」

這對中年夫妻就像平時一樣邊鬥嘴，邊吃一成不變的早餐。文子倒是顯得心情不錯。儘管剛才談話間的確想起了《十六、七歲的少女》中的音子，但今天早上她似乎無心翻舊帳。暴風雨已過，屋外似乎逐漸歸於平靜。但雲層間仍濃鬱得透不進陽光。

「太一郎還在睡嗎？叫他起來吧。」大木說。

「好。」文子頷首。「但就算去叫了，他也不會起床。一定只會說學校都放暑假了，讓他多睡一會兒。」

「今天他不是要去京都嗎？」

「在家吃完晚餐，再去機場就行了。」

「……」

「去那麼熱的京都做什麼？」

「妳自己去問太一郎不就得了嗎。聽說他突然想再去看一次二尊院後山的三條實隆墓。他好像打算以《實隆公記》爲主軸展開研究，寫學位論文。妳知道實隆這個人嗎？」

「是位公卿吧。」

「當然是公卿。他是應仁之亂時，在足利義政的東山時代一路爬上內大臣位子的公卿，他與連歌師宗祇等人素有交誼，算是在亂世中致力於保護文學、藝術以流傳後世的公卿之一。身後留下《實隆公記》這部內容龐大的日記。他的爲人似乎也很有趣。太一郎應是以《實隆公記》爲主，去探究所謂東山文化吧。」

「是嗎？二尊院在哪兒？」

「小倉山……」

「小倉山又在哪兒？你帶我去過吧？」

「去過。就是《小倉百人一首》的小倉山山腳啊。附近有許多藤原定家的傳說之地。」

「哦，是嵯峨吧。想起來了。」

「太一郎說要順便蒐集一些可能寫進小說的軼聞或是無聊的瑣事，讓我寫成小說。他說雖是無聊的故事，但這些多爲人們所編造的無聊故事，卻是添油加醋的口述傳說，能讓小說變得更加鮮活。瞧他說這話的語氣，想必當自己是獨當一面的學者了。」

文子不表意見，只是微微點頭，若有似無地露出溫暖的微笑。

「去叫學者先生起床吧。」大木說著站起身。「老爸都要坐在書桌前工作了，哪有當兒子的還在睡懶覺的道理。」

「是。」

大木年雄獨自進了書房後，在桌上托著腮，對於方才開玩笑說「小說家屆齡退休」這話，不再視爲玩笑話而認眞思考了起來。洗手間傳來漱口聲。太一郎以毛巾擦著臉，走進書房。

「起得這麼晚。」父親加以訓誡。

「早就醒了，只是躺在床上幻想。」

「幻想……？」

「爸，你知道皇女和宮[17]的墓正在開挖嗎？」太一郎說。

「挖和宮的墓嗎？」

「要說挖墓也可以，但是……」太一郎就像要安撫父親的驚訝般。「這是挖掘。爲了學術調查，不也常會挖掘古墳嗎？」

「哦，但說到和宮的墳，應該還算不上古墳吧。她什麼時候過世的？」

「一八七七年。」太一郎明確地回答。

「一八七七年……？那不就連一百年都不到？」

17／ 和宮親子內親王，生於京都，爲仁孝天皇第八皇女。德川幕府第十四代將軍家茂的正室，當時這樁婚事被視爲「公武合體」的象徵。

「是啊。但據說和宮已完全化爲白骨。」

「……？」大木皺起眉頭。

「沒有枕頭，也沒有衣服，陪葬品之類的東西一個也沒有，只剩一具白骨。」

「也太慘了，竟然挖出這樣的東西……」

「據說就像個玩累了的孩子躺在裡頭小睡一般，模樣天眞無邪，美麗迷人。」

「你說白骨……？」

「是的。據說白骨的腦後有一束剪下的頭髮，是足以感受這位紅顏薄命的女性的優雅黑髮。」

「你剛說在幻想，是對白骨的幻想嗎？」

「是的，但又不光是對白骨的幻想。那白骨中還有美麗、妖媚、虛幻的另一面……」

「怎樣的另一面？」大木仍舊提不起興致，不願迎合兒子的話題。對於開挖那約莫三十歲便辭世的悲劇性皇女的墳墓，研究她的白骨，大木覺得有失禮數，內心油然升起一股厭惡。

「怎樣的另一面？坦白說，是教人萬萬想不到的事。」太一郎應道：「對了，我也想說給媽媽聽，我去叫她來好嗎？」

太一郎脖子上掛著毛巾，站在原地。大木朝他微微點頭。

太一郎高聲說著什麼，帶母親返回父親的書房。將剛才對父親說的話，又對母親說了一遍。

大木為謹慎起見，從走廊的書架上抽出一本日本歷史大辭典，翻開和宮那一頁，點了根菸。

太一郎手裡拿著一本薄薄的書，像是雜誌。大木問道：

「是出土調查的報告書嗎？」

「不，是博物館的雜誌。博物館一位名叫鎌原的人，在〈美會消逝嗎？〉這篇隨筆中描寫了和宮夢幻般的一面。或許沒寫在調查報告書裡。」太一郎停頓片刻，一面以視線搜尋隨筆上的描述，一面說道。

「從和宮那具白骨的雙臂之間，發現一塊比名片略大一些的玻璃板。據說墓中只有這件物品陪伴著白骨。由於原先是對芝增上寺的德川將軍墓地展開挖掘調查，所以和宮的墓地也一併開挖。負責染織調查的人認為那塊玻璃板可能是面小鏡子，或是溼版攝影照片，便以紙包妥，帶回博物館。」

「你說溼版……玻璃的照片？」母親問。

「是的。在玻璃板上塗上浮劑，在濡溼的狀態下沖洗……不是有些以前的照片嗎？那個就是。」

「哦，那個嗎？我也看過。」

「染織的學者在博物館裡，以各種角度透光來看那塊已呈透明的玻璃後，上頭逐漸可看出一名男子的身影。那果然是照片。照片中是一位身穿武士禮服、頭戴烏帽子的年輕人。雖然畫面很淡……」

「是家茂將軍的照片？」大木也被太一郎的話題吸引，開口詢問。

「是的，可以這麼推測。染織學者也認爲，和宮懷抱著先死去的丈夫照片化爲白骨，所以打算隔天再向文化遺產研究所的人諮詢，看有沒有辦法讓這張照片變得更清楚。」

「……」

「但隔天在清晨的陽光下細看，那畫面已完全消失不見。不過短短一晚的時間，就成了一片透明的玻璃。」

「哎呀。」母親望向太一郎。

「那是因爲長年深埋土中，卻突然接觸了地面上空氣和光線的緣故。」父親說。

「是的。那絕非染織學者多心看到的幻覺，而是貨眞價實的照片，也有人證。那人在看照片時，警衛湊巧前來巡視，他便拿給警衛看，警衛看了也說，照片中確實是一名年輕男子的身影。」

「是嗎？」

「隨筆上寫道『當眞是個虛幻的故事』。」

「……」

「但是，這博物館員也是個文學研究者，所以並未以一句『當眞虛幻』作結，而是又加上個人的想像。他在書中寫道，和宮眞正愛的是有栖川宮[18]。和宮應是在臨終時，偷偷命侍女將情人的玻璃照片與自己的遺體合葬吧。這樣才符合這位悲劇皇女的身世。」

「嗯，但這不過純屬想像吧。如眞是情人的照片從墓地出土，短短一夜便消失無蹤的結局反而好。」

「隨筆上也這麼寫。那張照片本該祕密地永久深埋於地底。出土後短短一夜，影像便完全消失，肯定也是和宮皇女心中所願。」

「是啊。」

「這轉瞬即逝的美，作家加以捕捉後再現，昇華爲一部令人回味無窮的作品——這就是那篇隨筆的結語。爸，你要寫嗎？」

18／ 有栖川宮熾仁親王，曾與和宮訂下婚約。當時爲了向國內誇耀「公武合體」之實績，才促成了和宮與德川家茂的婚事。

「這個嘛，我應該是寫不來。」大木說：「從挖掘現場寫起，倒是可以寫就一部緊湊的短篇小說……但是，那篇隨筆已經寫得不錯了。」

「是嗎。」太一郎似乎還不滿意。「今天早上我躺在床上讀著，並且陷入幻想時，就很想告訴您這件事。待會兒請您也讀讀吧。」他將雜誌放在父親桌上。

「好，我讀讀看。」

太一郎正要起身離去時。

「和宮的白骨……她的遺體後來怎麼處理？」文子問：「該不會被帶往大學或博物館這類機構充當研究材料了？那樣也太殘酷了。應該要葬回墓裡吧。」

「這個嘛，隨筆裡沒寫，我也不清楚。多半安放回原處了吧。」太一郎答道。

「可是，懷裡的照片卻沒了，遺骨不會感到寂寞嗎？」

「唔，倒沒想到這一層。」太一郎說：「爸，若是寫小說，會在結局交代這麼仔細嗎？」

「那會流爲感傷的情緒。」

太一郎離開書房。文子也站起身說道「要工作了吧」。

「不，聽了那樣的故事，要是不出去散個步，心裡總覺得不舒服。」大木離開書桌。

「放晴了吧。」

「雲還沒散，但大雨過後很涼爽。」文子站在走廊望著天空。「請走後門，順便看看漏水的地方。」

「才剛說完和宮的遺骨會不會寂寞，接著就要人看漏水嗎？」

散步穿的木屐就放在後門的鞋櫃裡。文子將丈夫的木屐擺好，說道：

「太一郎提到墳墓，還要去京都看墳墓，沒關係嗎？」

「咦？」大木追問：「有什麼關係？真是的，文子的話未免也太跳躍了吧。」

「才沒跳躍呢。打從聽太一郎談起和宮皇女，我就在想太一郎去京都的事。」

「那是距今數百年前室町時代的墓啊，三條西實隆等人的墓……」

「太一郎是去京都見那位小姐啊。」

大木大感意外。文子正蹲著擺正丈夫的木屐，自然是低著頭說出太一郎要去京都的事。但她現在已站起身，臉湊向正要穿木屐的大木面前。文子注視著大木。

「那位美得可怕的小姐，你不覺得那是個可怕的女人嗎？」

與坂見慶子在江之島過夜的事，大木始終瞞著沒讓妻子知道，此時無言以對。

「我有股不祥的預感。」文子說道，緊盯著大木的臉。「今年夏天還沒響過一聲像樣的雷呢。」

「又說些古怪的話……」

「今晚要是下起像剛才那樣的驟雨，說不定雷會劈中飛機呢。」

「說什麼傻話……在日本還沒發生過飛機遭雷擊的意外。」

大木像要擺脫妻子般步出家門。雖然降下滂沱大雨，卻也沒趕跑天空的烏雲，雲層低垂，溼氣濃重。但就算晴朗無雲，大木也沒心情仰望天空。兒子要去京都見慶子，這件事占滿大木的思緒。雖然不確定兒子是去見慶子，但他卻漸漸相信兒子定然如妻子所言，去京都與慶子相會。

起初說要出外散步而離開書房時，原本打算挑北鎌倉眾多古寺中的一座前往，卻因妻子那番詭異的話而作罷。想到那一帶似乎也散落著墳墓，心下不免感到排斥。大木登上離家不遠的一座雜木林小山。雨後的夏日樹叢和山上泥土的氣味撲鼻而來。當自己的身體完全隱蔽在樹葉中時，他想起了慶子的胴體。

慶子那美好的胴體，率先鮮明地浮現眼前的是她的乳頭。那是透明般桃紅色的乳頭。日本人雖是黃種人，卻有著肌膚比白種人更爲白淨細緻的女人。這些女人擁有彷彿從體內透亮而出的白皙肌膚，比西洋少女那微泛桃紅的亮白膚色更加微妙。慶子那年輕女孩的桃紅色乳頭，是任何國家的少女所沒有的桃紅。那桃紅無法以任何顏色來比擬，泛著若有似無的色澤。慶子雖稱不上膚色白皙，但她的乳頭是洗淨後微帶潤澤的桃紅。猶如帶著幾分小麥色的胸脯上含苞待放的花蕾。沒有難看的皺紋或肉芽。小小的含在口中與其說可愛，莫如說小巧的恰到好處。

但是，大木之所以先想到慶子的乳頭，並非全然是出自它的美麗。在江之島的飯店，慶子准許他愛撫右邊的乳頭，卻極力避開左邊的乳頭。當大木摸向左邊時，慶子便以手掌牢牢按住左胸。大木握住她的手，欲拉向一旁時，慶子便像要彈跳而起似的極力扭動身軀。

「不要，別這樣，您放過我吧……左邊不行……」

「咦？」大木停下手。

「爲什左邊不能碰？」

「左邊出不來。」

「出不來……？」慶子的話令大木感到困惑。

「左邊不好。不喜歡人碰。」慶子的呼吸依舊急促。大木一時間也不懂她這句話的意思。

慶子說的「出不來」，是指乳房中什麼出不來嗎？「不好」，又是指什麼不好呢？難不成是嫌棄自己左邊乳房不夠豐滿，略顯扁癟或變形嗎？莫非慶子視之爲殘缺？抑或是年輕女孩被看出左右兩邊的乳頭形狀不一致而自覺羞恥呢？大木這才察覺慶子被抱上床後，胸腿縮成一團，彎起左肘時確實比右胸更緊緊靠向自己的左胸。但在這前後，大木也曾見過慶子的乳房。雖沒刻意觀察兩邊乳頭的形狀差異，但若左邊乳頭形狀有異，該會吸引大木的目光才是。

事實上，大木一把拉開慶子的手時，也沒察覺左邊乳頭的異狀。即便凝神細瞧，也只覺得左邊乳頭比右邊略小一些。兩邊乳頭稍有差異，對女人來說算不上稀罕，可爲何慶子竟如此迴避左胸呢？

她的遮掩、抗拒，反而更顯誘人，大木千方百計想占有她左邊的乳頭。

「左邊的乳頭只讓某個人摸嗎？有這樣的人嗎？」

「才不是。沒有這樣的人。」慶子搖頭。她睜大眼睛，靜靜抬頭望向大木。由於與大木的臉靠得太近不易分辨，但溼潤慶子眼眶的，縱然不是淚水，也是哀傷之色。至少那絕非坦然接受愛撫的眼神。慶子旋即閉上眼睛，放棄抵抗，讓左胸任由大木擺布。但那就是「斷了念」的神情。大木見狀，手反而鬆開了。慶子則搔癢似地扭動胸脯，上下起伏。

難道慶子的右胸是半處女，而左胸仍是處女？大木分辨得出，慶子左右兩邊的感覺並不相同。慶子說的左邊「不好」，眼下大木也明白了。倘若是初次受男人愛撫的女孩，足可說是相當大膽的告白。搞不好是女孩狡詐的算計。男人定然會受到更大的誘惑，想讓左右不同的女人得到同樣的歡愉。縱使那是與生俱來的差異，無法治癒，但女人這般異常，正因是異常，反而更加刺激男性，而留下深刻的印象吧。大木未曾遇過像這樣左右乳頭感受不同的女人。

女人自然各有其所好與盼望得到愛撫之處，可說因人而異。然而，像慶子左右乳房感受不同的情況，是否更超乎典型呢？其實，一個女人的喜好即是她對男人的喜好，也就是說，男人的癖好或習慣，往往會對女人形成調教。若是如此，慶子那無感的左邊乳頭，對大木來說反而是充滿誘惑的目標。而慶子的左右差異，恐怕是某個不了解女人的傢伙所造成，在慶子的一邊乳頭留下了處女之地。慶子的左邊乳頭誘惑著大木。但要嘗試讓那左邊變得和右邊一樣，勢必得一試再試，花上不少時間。大木還不知道今後是否常有與慶子見面的機會。

更何況，今天初次摟著慶子，便強迫她將百般不願獻出的左邊乳頭獻給自己，這是很愚蠢的舉動。於是大木避開那個部位，找尋慶子身上喜愛的敏感部位。大木找到了。就在他動作變得粗魯時——

「老師、老師。上野老師。」慶子叫喚音子的聲音，令大木爲之怯縮，被一把推開。慶子離開他身邊，坐正後起身，像是在梳妝臺前整理零亂的頭髮。大木連轉頭望向她都辦不到。

雨聲再度轉強，將大木推落孤獨的深淵。孤獨是如此的蠻橫啊。

「老師，能安分地抱我入睡嗎？」回到大木面前的慶子，哆聲哆氣地說道，從下方窺望大木的神情。

大木以左臂勾住慶子的脖子，躺下後什麼也沒說。對音子的回憶不斷浮現腦際。慶子將身子靠向他。半晌過後，大木只簡短說了一句：

「漸漸可以聞到妳的氣味了。」

「我的氣味……？」

「女人的氣味。」

「是嗎？或許是天氣悶熱……討厭了是嗎？」

「不，不是因爲悶熱。是女人的香氣……」

被不討厭的男人摟在懷裡，不一會兒，女人的肌膚會自然而然散發出一股香氣。少女也一樣，只要是女人，似乎就無法抑制身體這股香氣。這氣味不僅能讓男人變強，還教男人安心、滿足。是女人願意獻身時從體內散發出來的吧。

大木無法說得這麼露骨，爲了讓慶子明白這香氣的迷人，他將臉湊近慶子胸前。但在慶子叫喚音子的名字後，大木此刻在慶子的氣味包覆下，只是靜靜地閉上眼。

正因如此，大木在雜木林裡回想起慶子的胴體時，最後殘留在腦中的還是慶子的乳頭。不，與其說殘留，不如說慶子的乳頭又一次鮮明地浮現出來。

「不能讓太一郎和慶子見面。」大木斷然地喃喃自語。「不能讓他們見面。」

大木緊緊握住身旁雜木的枝幹。

「該怎麼做才好？」他搖晃樹幹。仍掛在葉片上的雨滴，灑落大木頭頂。泥土中似還積著水，木屐上方的外緣也沾溼了。大木環顧著周身將他團團包圍的綠葉。那覆蓋在身上的綠意驀然令他感到窒息。

爲了不讓太一郎在京都和慶子見面，大木看似只能將與慶子在江之島飯店過夜的事告訴兒子。若不願這麼做，那麼，拍個電報給音子或慶子如何？

大木快步返回家門。

「太一郎呢？」他問文子。

「太一郎去東京了。」

「東京？這時候？那不就是搭夜間飛機？不是回家一趟後才去嗎？」

「不，因爲是羽田機場，回家後再出門就太麻煩了。」
「……」
「他說出發前會順道去大學的研究室一趟，很快就出門了。還說想帶些研究室的資料。」
「怪了。」
「怎麼了？你臉色可眞難看。」
「……」
大木避開文子的目光，走進書房。他既沒能告訴太一郎，也沒拍電報給音子或慶子。
太一郎搭六點的飛機飛往大阪。慶子獨自一人到伊丹機場迎接他。
「眞是太感激了……」太一郎不知所措地問候。「沒想到妳會來接我。眞抱歉。」
「不說謝謝嗎？」
「謝謝妳，眞不好意思。」
見太一郎的雙眼神采奕奕，慶子恭順地垂下眼簾。
「從京都來的嗎？」太一郎生硬地說著。

「是的，從京都來……」慶子溫順答道，又說：「我就住京都。不是從京都來，會是從哪兒來呢？」

「哎呀。」太一郎也笑了，他看著慶子直望到腰帶。「妳美得光采奪目，我一時懷疑自己的眼睛，這眞是要來迎接我的人嗎？」

「您是指和服……？」

「嗯，和服、腰帶，還有……」太一郎想說還有頭髮和臉蛋。

「夏天穿得整整齊齊的，也繫緊腰帶，反而顯得清爽。我不喜歡在炎熱的日子還穿得鬆垮。」

話說回來，慶子的和服和腰帶似乎是全新的。

「夏天我喜歡樸素些。這條腰帶很樸素吧。」

太一郎緩緩走向乘客的行李提領處。慶子緊挨向他身後說道：

「這條腰帶是我畫的。」

太一郎回過頭。

「你看起來像什麼？」慶子問。

「唔，是水嗎？還是河流？」

「是虹。沒有顏色的彩虹……只有水墨的濃淡曲線，或許任誰也看不出來，但我當是身上繞著夏日的虹。是向晚時分掛在附近山頭的虹。」慶子轉動身子，讓太一郎看羅織的圓形腰帶後方。腰帶的鼓形結上繪有綠色的起伏山形。上頭淡淡的朦朧暗紅，似是夕陽的顏色。

「前面與後面並不協調。畢竟出自古怪的女孩之手，便成了一條古怪的腰帶。」慶子仍背對著太一郎。那朦朧暗紅襯著盤起髮後露出的纖細頸項膚色，深深擄獲太一郎的目光。

前往京都的旅客，由日本航空以計程車招待送達御池通的日航事務所。四名乘客急急忙忙坐進前方的計程車，太一郎正躊躇不前時，又來了一輛，於是他和慶子兩人共乘。車子駛離機場後，太一郎才猛然想起似的問道：

「慶子小姐，妳在這時候從京都過來，還沒吃晚餐吧？」

「眞是的，您老說些見外的話。」

「……」

「今天中午我連飯也不想吃。等到了京都，再一起吃吧。」接著慶子悄聲道：「您一走出飛機的登機口，我就看到您了。您是第七個走出飛機的對吧？」

「第七個……？我是第七個人嗎？」

「是第七個人。」慶子又明確地重述一次。「您走下飛機時，直直望著腳下，完全沒朝我看來。倘若得知有人來迎接自己，任誰在踏出飛機的那一刻，視線都會投向前來迎接之人。您卻只低著頭，心不在焉地走著。這讓前來迎接的我感到難為情，眞想找個地方躲起來呢。」

「我沒想到妳會來伊丹接我。」

「為什麼不會？您又為何在信上提起飛機的航班時間呢？」

「或許是想證明我確實會來京都吧。」

「您寄了一封像電報般簡短的信，信上除了航班時間什麼也沒寫。我以為您在測試我。您在測試我會不會來伊丹接機，對吧？明知是測試，我還是來了。」

「說什麼測試……若眞是測試，就會像妳所說，一下飛機就四處找人，看妳來了沒。」

「您連在京都的下榻處也沒寫，要是沒來接機，我們怎麼見面呢？」

「我……」太一郎一時結巴。「我只是想讓慶子小姐知道我到京都來。」

「我不喜歡這樣。根本不知道是什麼意思。」

「可能的話，我會打電話給妳。」

「可能的話……？假使不可能呢，您就這樣回北鎌倉嗎？您就只是想讓我知道，您會到京都來嗎？那封信只是為了嘲笑我，讓我沒面子嗎？您都來到了京都，卻不與我見面……」

「不，我是爲了讓自己鼓起勇氣與妳見面，才寄出那封信。」

「和我見面的勇氣……？」慶子吃了一驚，隨即轉爲甜膩的低語：「我是高興好呢？還是得難過才行？該怎麼辦好？」

「……」

「沒關係，您不必回答我。好在我來接機。要鼓起勇氣才能和我見面，我才不是這樣的女人呢……我只是個常想一死了之的女人。您大可狠狠地踐踏我，然後將我一腳踢飛。」

「怎麼突然說這種奇怪的話。」

「一點都不突然。我就是這樣的女人。就要別人來刺傷我的尊嚴。」

「我好像不是個會傷人尊嚴的人。」

「看起來是這樣，但不行……您可以盡情地踐踏我。」

「爲什麼要說這種話呢？」

「不爲什麼……」風從車窗吹進來，慶子以單手按著頭髮。「可能是因爲難過吧……剛才您下飛機後，不是一臉憂鬱低著頭走向候機室嗎？是什麼讓您這麼落寞？前來接機等候的我，並不在您心裡吧？」

並非如此啊。太一郎是邊走邊想著慶子的事。但是，他對慶子說不出口。

「這令我難過。我太任性了……要怎麼做才能讓太一郎先生心裡念著，這世上還有慶子這樣的女人呢？」

「我時刻念著呢。」太一郎生硬地說著：「現在也是……」

「現在也是……」慶子低語：「現在也是嗎？待在您身邊眞是不可思議。正因爲不可思議，我就不再多說什麼。您說說話吧……」

車子駛過茨木市、高槻市的新工廠區。山崎一帶的山中，三得利工廠在燈光下浮現。

「飛機晃得嚴重嗎？」慶子問：「京都傍晚下了一場驟雨，像河水落下似的，教人很擔心呢。」

「還不至於搖晃，但整架飛機就像要撞向山壁一樣，可怕極了。從窗戶往外看，黑壓壓的山矗立在前方，彷彿要朝那裡衝撞進去似的。」

慶子伸手過來探尋太一郎的手。

「誰知是將烏雲看作山了。」太一郎說，手背靜靜放在慶子的手掌上，一動也不動。慶子就這樣貼著他的手，靜止不動。

車子駛進京都的市町。在五條通往東轉。連足以吹動垂柳的微風也沒有，但或許驟雨過後，天氣沒那麼悶熱。在夜色漸深的寬敞大路上，成排垂柳的綠意一路綿延遠處，東山就在前方。在這雲層低垂的夜晚，山色與天色並無明顯的區分。但在五條通西郊附近，太一郎已感覺到京都的情調。

朝堀川上游而去，順著御池通抵達日航的事務所。

太一郎已在京都旅館訂了房間。

「總之，先到旅館放行李吧。就在前面不遠，下車走過去吧。」

「不，不要。」慶子搖頭，坐上停在日航前的計程車，並催促太一郎上車。

「去木屋町，走三條北上。」她對司機說。

「途中請繞往京都旅館稍停。」太一郎要向司機吩咐，慶子打斷了他。

「不必了。不繞過去，請直直走。」

前往木屋町的小茶屋，走的是狹窄的巷弄，太一郎感到很新奇。兩人被帶進一間面向鴨川、約四張半榻榻米的包廂。

「這裡真不錯。」眼前的河深深吸引太一郎的目光。「慶子小姐，妳竟知道這種地方。」

「是老師常來的店。」

「妳說的老師，是上野女士?」太一郎轉過身。

「是的，就是上野老師。」慶子答道，起身走出房外。太一郎以爲她去點餐。五分鐘後，慶子回到房內坐下。

「倘若您不嫌棄這裡，就住下吧。我已打電話幫您取消了旅館房間。」

「咦？」

太一郎爲之一愣，注視著慶子。但慶子溫順地垂下眼望著地面。

「對不起。我只是想讓太一郎先生住在我熟悉的地方。」

太一郎一時語塞。

「拜託您在這裡住下吧。您只會在京都待兩、三天吧？」

「是的。」

慶子抬起眼。她全然沒畫眉，短短的眉毛構成整齊的眉線，令人憐愛，她烏黑的眼睛透著稚氣。這眉色似比睫毛還淡些。嘴脣上似乎也只是薄薄塗上一層淡色口紅，那大小適中的柔脣，形狀美得教人難以相信那是嘴脣。臉上似乎脂粉未施。

「討厭，盯著看什麼呢？」慶子直眨眼。

「妳的睫毛很濃……」

「我可沒戴假睫毛。您可以拉拉看。」

「眞想拉拉看。」

「好啊，請……」慶子閉上眼睛，將臉湊上前。「我讓它往上翹，可能看起來顯得較長。」

慶子動也不動等待著，但太一郎不敢伸手捏她睫毛。

「請睜開眼睛。稍微往上看，眼睛再睜大一點。」慶子完全照太一郎的吩咐做。

「是要仔細看太一郎先生嗎？」

女侍端來日本酒、啤酒和下酒菜。

「您喝日本酒還是啤酒？」慶子放鬆肩膀說道：「我不能喝。」

面向高臺的紙門半掩著，看不見外頭，但幾名客人似已喝醉，連藝伎也攪和其中，高聲喧嘩。當走唱的胡琴師走近底下的河道時，他們驀然靜了下來。

「明天您有何打算？」慶子問。

「先到二尊院，去後山的墳墓參拜。那是三條西家的墓，是座好墓地。」

「墓……？我陪您去吧。請帶我去琵琶湖，我想坐汽艇。明天不去，改天也行。」慶子望著電風扇說道。

「汽艇嗎？」太一郎略顯躊躇。「我沒坐過，不會開呢。」

「我會。」

「慶子小姐，妳會游泳嗎？」

「您是指汽艇翻覆的時候嗎？」慶子望向太一郎。「我會請您救我。您會救我吧。我要緊緊抓住您。」

「不能緊緊抓著。要是被緊緊抓住，可救不了人。」

「不然該怎麼做？」

「我會抱著妳。從後面，手伸進腋下……」說著，太一郎像目眩般別過臉去。在水裡抱著這美麗的女孩，胸口不覺一蕩——倘若不牢牢抱著慶子浮出水面，兩人都會有性命之危。

「翻了船也無妨。」慶子說。

「到時候能不能救得了妳，我也不知道。」

「要是救不了我，又怎麼樣？」

「別再談這些了。汽艇的事，我也感到不安，所以還是算了吧。」

「不會翻的，我想坐。而且很期待呢。」慶子朝太一郎的杯裡倒啤酒。

「妳不換浴衣嗎？」

「不，不必了。」

房內的角落放著浴衣。男人和女人的浴衣疊放在一起。太一郎避免望向那裡。房間肯定是慶子事先訂的，但女人的浴衣是怎麼回事？

這四張半榻榻米大的房間沒有套間。慶子在場，太一郎沒辦法脫衣服換上浴衣。

女侍送上料理，但沒看慶子的臉，一句話也沒說。慶子也默不作聲。

離下游不遠的高臺上傳來三弦琴的琴音。在茶屋的高臺上，客人飲酒作樂，歡鬧喧騰，他們以大阪話交談的聲音，太一郎聽得一清二楚。走唱藝人拉著胡琴感傷高歌的流行曲聲，已逐漸遠去。

坐在房內便看不見鴨川。

「老師知道您到京都來嗎？」慶子問。

「妳是說家父？他知道。」太一郎答道。「但是，他肯定沒想到妳會專程來伊丹接機，還在這裡陪我。」

「我真高興。太一郎先生瞞著父母，到這裡來見我……」

「也不是瞞著家父……」太一郎支支吾吾地說：「但也可以這樣說。」

「真的是這樣嘛。」

「慶子小姐，上野老師呢？」

「我什麼都沒對她說。可是，說不定大木老師和上野老師的直覺早看穿了呢。若是這樣，那更教人胸口一緊，更加開心。」

「不會的。上野老師根本不知道我的事吧？慶子小姐，難道妳對老師說了什麼？」

「之前去您北鎌倉府上拜訪回來時，曾告訴老師，太一郎先生帶我逛鎌倉。我說我喜歡您，上野老師聽了之後，臉色變得蒼白。」

「……」

「上野老師曾和大木老師談過那樣一場悲戀，如今面對大木老師的公子，您覺得她能漠不關心嗎？我聽上野老師提過，當初她被迫與大木老師分手後不久，您妹妹就出生了，這令她爲之哀傷。」慶子烏黑的眼睛散發犀利的精光，兩頰微微泛紅。

太一郎無言以對。

「上野老師正在畫一幅《嬰兒升天》的畫，是一個嬰兒坐在五彩雲朵上的模樣。但老師對我說，其實這孩子沒辦法坐的，因爲只是個懷胎八月便早產夭折的嬰兒。」慶子停頓一會兒，接著道：「要是那孩子還活著，就是太一郎先生的妹妹，也是您親妹妹的姊姊。」

「妳爲什麼要告訴我這件事？」

「我想爲上野老師復仇。」

「復仇……？對家父嗎？」

「對。還有對太一郎先生您……」

「……」

太一郎無法順利將鹽烤香魚的肉和刺分離。筷子前端彷彿凝固了似的。慶子將他的那盤香魚拉到自己面前，俐落地替他除去魚刺。

「大木老師可有提到我的事？」

「沒、沒有……我沒和家父談過妳的事。」

「爲什麼？爲什麼不談？」

面對慶子的詢問，太一郎的神情罩上一層暗雲。就像被人以濡溼的手朝胸口摸了一把。

「我沒和家父談過女人的事。」太一郎坦白說道。

「女人的事……？您剛才說女人的事？」慶子臉上泛起迷人的微笑。

「妳說想替上野老師復仇，對象還包括我，是怎樣復仇……？」太一郎的聲音變得嘶啞。

「怎樣復仇，說出來就沒意思了。就是這樣吧。」

「……」

「我的復仇，或許就是愛上太一郎先生……」慶子像在望著對岸的川端通般，露出凝望遠方的眼神。「你覺得奇怪嗎？」

「不。讓我愛上妳，就是妳的復仇嗎……？」

慶子頷首。那是放鬆緊繃的肩膀，釋然的頷首。

「這是女人的嫉妒。」慶子低語道。

「嫉妒……？什麼嫉妒？」

「因爲上野老師仍深愛著大木先生……明明遭受那麼殘酷的對待，卻一點也不懷恨……」

「慶子小姐，妳這麼愛上野老師嗎？」

「是的，愛得入骨……」

「雖然我無法對家父的過去贖罪，但是像這樣和妳見面，也算是上野老師和家父過去那段因緣所促成。得這麼想對吧？」

「沒錯。」

「……」

「假使我沒在上野老師那兒，對我來說，太一郎先生就像不存在這世上一樣。連要和您見面都不可得。」

「我不喜歡這種想法。一位年輕小姐有這樣的想法，根本就是被過去的亡靈所纏附了。所以慶子小姐的脖子才會這麼細。儘管纖細才美，但是……」

「脖子細是因爲沒愛過男人……上野老師是這麼說的。我不希望自己的脖子變粗。」

太一郎極力壓抑想一把握住慶子那美麗頸項的誘惑。

「是惡魔的呢喃。慶子小姐，妳困在咒縛之中呢。」

「不，我是困在愛情中。」

「上野老師對我一無所悉吧。」

「但是，我從北鎌倉的府上拜訪回來時，曾對上野老師說，我感覺太一郎先生和他父親大木先生年輕時長得一模一樣。」

「不，關於這點……」太一郎語氣激動。「我長得不像家父。」

「您生氣了？長得像令尊，您不高興嗎？」

「自從在機場見面後，妳便對我說了許多謊。說什麼我的眞心在哪裡，總說些教人困惑的謊話。」

「我，沒有說謊。」

「那麼，妳這人說話向來都是這樣嗎？」

「您說得眞過分。」

「妳不是說可以踐踏妳嗎？」

「這女孩要是不受踐踏，就不會說實話，您心裡這麼想吧？我沒說謊。只是您不了解我罷了。不知將眞心藏到哪兒去的人，太一郎先生，不就是您嗎？我眞難受。」

「妳眞的難受嗎？」

「是的，我很難受。我說不清是難受，還是高興。」

「我也不懂爲什麼會和妳待在這裡。」

「不就是因爲喜歡嗎？」

「這我知道，只是……」

「只是……？」

「……」

「只是怎樣？到底是怎樣？」慶子執起太一郎的手，包覆在掌心裡搖晃著。

「慶子小姐，妳還沒吃幾口吧。」太一郎說。慶子從剛才只吃了兩、三塊鯛魚生魚片。

「婚宴的新娘不能吃東西吧。」

「看吧，妳這人就是愛說這種話。」

「您才是呢，不就是您先談到吃的嗎？」

夏日消瘦

音子是夏日消瘦的體質。

音子在東京還是少女的時候，毫不在意自己是否每逢夏季便容易消瘦，也記不得了，但搬來京都後，到了二十二、三歲的時候，她才清楚知道自己是夏日消瘦的體質。還是母親告訴她的。

「音子也是夏日消瘦呢。這是遺傳了我的體質。」母親說：「虛弱的方面很相似呢。雖然妳是個好強的女孩，體質上到底還是我的女兒。這是不爭的事實。」

「我才不好強呢。」

「妳個性太剛烈了。」

「我才不剛烈呢。」

母親之所以說音子好強、剛烈，肯定是因爲想起與大木墜入情網的音子。然而，那無關乎性情剛強或柔弱，而是出自少女的一往情深，不是嗎？那是幾近瘋狂的執拗。

移居京都，是出於母親的一分用心，她想讓音子排遣心中的愁悶，所以母女倆都避口不提大木年雄的名字。然而，在這陌生的土地，一無熟人的市鎮，心靈受創的兩人相依爲命，終日相對，要不去窺探存在於彼此心中的大木，根本是不可能的事。母親覺得女兒就像映照出大木的一面鏡子，女兒也將母親看作像是映照出大木的鏡子，鏡中映照出彼此。

音子寫信時翻開國語辭典，頁面上的「思う」一字映入眼中。日語中的「思う」，有愛慕、無法忘懷、悲傷的意思，音子看著辭典上的解釋，胸口爲之一緊。一時出神，連辭典也翻不下去。音子害怕那本辭典，再也不敢碰它。就連國語辭典裡也有大木的身影。辭典裡收錄了數不清的能讓人聯想起大木的詞彙。所見所聞全與大木聯繫起來，不外乎音子仍活著罷了。音子怎麼也想不到，自己居然擁有不同於先前受大木所愛的另一個身體。

音子很清楚，母親想讓她忘掉大木。母女倆相依爲命，這是母親唯一的心願。但音子並不想忘掉大木。非但忘不掉，甚至不想忘，仍緊抱著回憶不放。否則，她恐怕會變成一具空殼。

十七歲的音子得以離開裝設有柵欄的精神科病房，不是因爲與大木的愛平息了她的傷痛，而是大木已然深植在音子心中。

「我怕。我會死，我會死掉。停，快停，受不了……」音子曾在與大木交歡時，渾然忘我地扭動全身。大木動作緩下來後，音子睜開眼睛。那圓睜的雙瞳晶亮潤澤。

「小男孩，我看不到你的臉，就像置身蕩漾的水中，一片模糊。」像這種時候，十六歲的少女會叫三十一歲的大木「小男孩」。

「老師你要是死了，我也活不了。我眞的活不下去。」音子眼角淚光閃動。那不是悲傷的淚水，是水亮的眼睛因身心放鬆更顯潤澤晶亮。

「音子，妳要是死了，沒人會像妳一樣想起我了。」大木說。

「喜歡的人死後，回想起對方種種，我可受不了這種苦。辦不到。還不如死了的好。你也讓我死吧……」音子將臉貼向大木喉嚨，不住搖頭。

大木聽在耳裡，當這是少女的枕邊私語，他沉默了半晌。

「要是有人拿手槍對著我，或是拿刀抵著我，敢擋在我前面的，恐怕只有音子妳了。」

「唔，我甘願隨時爲你犧牲……」

「我沒想過要妳爲我犧牲，只是希望在意想不到的危險逼近我時，妳能馬上奮不顧身地保護我……爲我挺身而出。」

音子頷首。「我一定會這麼做的……」

「世上沒有哪個男人肯爲我這麼做。肯捨命保護我的，就只剩妳這小女孩。」

「我才不小呢。我不小。」音子重複說了兩次。

「哪裡不小啊……？」大木伸手探向音子胸部。

那時，大木也想到音子肚裡已懷了大木的孩子。甚至想過，假如自己死於意外，那孩子恐怕會隨音子一起消失吧。這是日後，音子讀了大木的《十六、七歲的少女》才知道的事。母親說，等音子到了二十二、三歲時，也會容易在夏日消瘦。或許是因爲音子已到了這個年紀，但也可能是母親以爲音子已不再因思念大木而消瘦。

音子有著一對溜肩，骨架細，天生體型纖細，卻不曾生過大病。後來小產，結束了與大木的戀情，自殺未遂，住進精神科病房，自然變得瘦弱不堪，心智失常，但最終身體比心靈早一步恢復。音子那尚未治癒的心靈，對自己這副年輕強健的身體感到厭惡。若非思念大木而眼底蘊含愁色，人們便看不出這女孩心懷悲戚吧。那哀愁的眼神，也讓音子在世人面前顯得更加美麗，以爲是年輕姑娘對愛的憧憬吧。

音子從小就知道，母親是夏日消瘦的體質。幫母親擦拭她滲汗的前胸和後背，是音子體貼的孝心，一邊擦汗，一邊看著母親入夏後消瘦的身形，卻從未提起，是因爲母親一到夏日就容易倦怠，而不以爲奇。但是，在聽母親說自己也遺傳了夏日消瘦的體質之前，音子倒從未察覺，似乎是因爲年輕而疏忽了。也許早在二十歲以前，音子就已出現夏日消瘦的跡象。

在京都度過了二十五歲，音子始終穿和服，雖不像穿裙子或長褲，能立刻感到身形的纖瘦，但從身上多處部位仍可看得出夏日消瘦。而每逢此刻，音子總會想起已故的母親。

音子怕熱、夏日消瘦的情形，似乎隨著年紀增長而愈發嚴重。

「改善夏季倦怠，吃什麼藥好呢？報上有很多賣藥的廣告，媽，妳用過哪一款？」某年夏天，音子向母親詢問。

「哦，全是一些好像有效，又好像沒效的藥。」母親的答覆模稜兩可，但隔了一會兒，又一本正經說道：

「音子，對女人身體最有效的良藥，就是結婚。」

「……」

「上天賜予女人在這世上活下去的良藥，就是男人。這帖藥女人非服用不可。」

「若是毒藥……」

「是毒藥也得吞。妳曾在不知情下吞服毒藥，但直到現在，妳仍不認爲那是毒藥，不是嗎？但是，世上確有解毒的良藥，也有以毒攻毒的藥。男人這種藥再苦口，也要閉上眼一口氣吞下。當然，也有令人作嘔、難以下嚥的藥……」

音子最終還是沒服用「男人」這帖女性良藥，就和母親死別了。這無疑是母親最大的遺憾。如母親所言，音子不曾認爲大木是毒藥。即便被關在窗戶裝設柵欄的病房裡，她也不曾憎恨大木。只是因愛念而痴狂。音子尋死而服下的劇毒，在短短的時間內就已從音子體內排除乾淨。大木年雄和大木的胎兒就此從音子體內排除乾淨，這樣的想法倒也未嘗沒有，而她同時以爲那殘留的傷疤並非那般頑強，但她與大木的愛未曾從音子心中消除，也不曾變得淡薄。

只是，時間在流逝。對一個人來說，時間的河流未必只有一條。一個人的體內，是否有著好幾條時間的河流呢？以河流爲喻，人生中的時間之流，有的地方流得快些，有的地方流得慢些，有的地方則停滯不前。與此同時，讓時間以同樣的速度流向每一個人的是天，讓時間流動的速度隨人而異的是人。時間同樣流向每一個人，而人卻各自在不同的時間下流動。

十七歲的音子已四十歲。但音子心中大木所在之處，是否時間不曾流動，全然靜止了呢？或者應該說，就像浮在河面上的花一路漂遠般，音子也和心中的大木一起流過時間的長河呢？——在大木的時間河流中，音子又是如何浮泛其上呢？對此音子無從得知。就算大木不可能忘了音子，但是與大木一起流動的音子的時間，與大木的時間之河至少不會一樣吧。縱然是一對戀人，兩人時間的流動也不會一樣，這是無法擺脫的宿命。

今天音子醒來後，仍和最近每天早晨一樣，會先以指尖輕揉額頭，然後伸手探向脖子和腋下。入手溼滑。感覺每天更換的睡衣，都沾上了由肌膚滲出的溼汗。

慶子喜歡音子因出汗讓肌膚變得更爲豔麗，對此很興奮，想脫下音子的衣服。但音子討厭這一身汗味。

但昨晚，慶子過了十二點半才回來，刻意躲著音子的目光，坐下時膝蓋的動作顯得很不自然。

音子躺在床上，以圓扇遮擋天花板的燈光，望著掛牆上那四、五張嬰兒面容的素描。這似乎深深吸引了音子的注意力，只說了一句「妳回來啦，今天可眞晚」，心不在焉地看了慶子一眼。

音子懷胎八個月小產的孩子，在婦產科診所連一眼都沒讓她見著。只聽說長著烏黑的頭髮。她問母親孩子長怎樣，母親答稱「是個很可愛的寶寶。和音子長得很像」，但音子覺得這番話不過是在安慰她罷了。而且，音子從沒見過剛出生的嬰兒。這幾年雖然看過照片，但似乎都長得很醜。令人吃驚的是，連生產時的照片、臍帶仍與母親相連的照片都有，但這些照片令人毛骨悚然。

因此，音子腦中始終想像不出自己孩子的長相和模樣。浮現眼前的不過是心中的幻象。《嬰兒升天》裡的孩子，並不是她那懷胎八月小產的孩子，音子自然也很清楚，而且她也不想以寫實的風格描繪。對於連模糊的形體也沒有，就這樣失去的孩子，所抱持的這份惋惜和憐愛，她希望能表現在畫作上。這一心願經年累月化為憧憬的幻想，棲宿於音子心底。每當悲傷時所想起的，便是這胎兒的幻想。而她一路走來的人生也勢必得以這幅畫作象徵。與大木這場戀情的美麗與哀愁，都將構成這幅畫。

然而，嬰兒的那張臉，音子怎麼也畫不好。聖母抱在懷裡的耶穌或年幼的天使面容，音子當然看過，但大部分形體明確，雖然小巧卻透著成熟的臉龐，或是斧鑿痕跡過濃的神聖面容。音子想畫的，不是這種強烈鮮明的臉龐。而是不存在於人世或那個世界，在微微的夢幻中，背後散發光芒的靈魂。那是能讓每個人都變得溫柔祥和的精靈姿態。而且畫像本身充滿了無限的哀愁。但她又不想採取抽象的畫風。

因為對畫中人物的面容存有這樣的期望，對於這不足月出生，全身皺巴巴的嬰兒身體，到底該如何描繪才好呢？背景、陪襯又該如何處理？音子也一再翻閱魯東和夏卡爾的畫集。充滿甜美幻想的夏卡爾，並未誘導出音子東洋畫風構想的才能。

這時再次浮現音子腦中的，不是西洋畫，而是日本古時的稚兒大師像。——稚兒大師的畫是依據弘法大師的故事所繪成。據說大師年幼時，在夢中坐在八葉（八片花瓣）蓮花中與佛陀對話，後人將他的姿態描繪成此畫。端坐在蓮花上的稚兒大師已是固定的繪畫樣式。在最古老的那幅畫中，大師表情嚴肅而聖潔，但隨著時代變遷，逐漸變得美豔溫柔，還有了讓人以爲是美少女的「稚兒」圖問世。

五月那場滿月祭的夜晚，慶子要求音子「畫我」，音子一時想起「稚兒大師」風格的古典「聖處女像」，可能是因爲她心中惦記著《嬰兒升天》吧。儘管當時便已察覺這點，可到後來，音子心中仍湧上一個新的疑問。也就是說，不論是構思畫已死的胎兒，還是構思畫慶子，稚兒大師的圖像都浮現她腦中，這或許象徵那幅畫深深吸引著音子。但她也不免懷疑，這會不會同時也是她的自戀和自我憧憬的一種展現呢？音子所看的，不就是憧憬稚兒大師的自畫像嗎？不論是已死的胎兒畫，還是慶子的畫，當中都潛藏著音子對自畫像的期望吧？稚兒大師風格的聖嬰像，或是聖少女像、聖處女像的幻影，不全是聖音子像的幻影嗎？音子的這番疑慮，就像是並非出於自身意志，親手握住利刃刺進自己的胸口一般。音子無法以這把刀更進一步剖開胸膛。她拔出刀子。但留下了傷口，不時隱隱作疼。

音子當然不打算直接借用稚兒大師像的固定樣式，以此描繪死去的胎兒或慶子。但這些構想在一開始都會浮現稚兒大師的畫面，表示音子想畫這兩幅畫時，稚兒大師的畫面即深埋在她心底。從《嬰兒升天》和《聖處女像》的標題中已能感覺到。音子想透過自己的畫，來加以淨化、甚至神聖化對死去胎兒和慶子的愛。音子對於將慶子的肖像畫題名為《聖處女像》覺得難為情，於是調侃慶子，要是取名為《一個年輕女抽象畫家的肖像》更有趣。可是，慶子的畫能否算得上現今人們所說的抽象畫，音子並未認眞思考過。但那天晚上，音子宣稱會像畫佛像畫一樣，投注愛情作畫，這番話倒是出自眞心。

慶子初次來找音子時，誤將音子母親的肖像畫看成是音子美麗的自畫像。之後音子見到一直掛在牆上的母親畫像，不僅時而想起慶子當時的看法，而且久久難以忘懷慶子乍見畫像時所說的話。音子將母親的肖像畫畫得年輕貌美，別人看了還當作是音子的自畫像，這是出於音子對母親的一分思慕，但其實音子的自我愛慕或許也呈現在這幅畫中。並不全然是因為母親的長相和身形與音子相似。也許音子畫母親的同時，也在畫著自己。

對畫家來說，不論是靜物畫抑或風景畫，都是畫家內心的自畫像、個性的自畫像、一種自我表現，此事不言而喻，但是音子畫母親的肖像畫，蘊含著至親的狎暱感、甜美的哀傷，竟畫成了音子的自畫像。若要說甜美，稚兒大師像也可說是甜美。比稚兒大師像更傑出的佛像畫或仕女畫，在日本的古畫中為數不少。而音子之所以率先想起稚兒大師像，或許是因為那是一幅端莊秀麗的幼兒像，予人虔敬之感，同時也帶有一絲甜美之故。並未信仰弘法大師的音子，可能是不經意將自我愛慕、自我憧憬之情暗暗投射在稚兒大師的畫像上了吧。畫像的甘美包容了哀傷。

音子對大木年雄的愛、對死去胎兒的愛、對母親的愛，仍延續至今，但這些愛，是否與音子觸手可及的現實一樣，毫無改變地維持至今呢？這些愛是否在不知不覺間成了音子的自戀？當然了，音子渾然未覺，也從未如此懷疑或自省。音子與嬰兒死別，與大木生離，與母親死別，他們至今仍活在音子心中，但活在她心中的其實已不是他們，而是音子自己。音子心中大木所在之地，時間的河流並未停止流動。音子和心中的大木一起隨著時間流逝。而她與大木之間愛的回憶，染上了音子自我愛慕的顏色，事實上，那份愛或許已然變質。音子從沒想過，過去的回憶全是妖怪或餓鬼亡靈。自從十七歲那年與大木分手，直到四十歲的今天，她沒談戀愛，也沒結婚，孑然一身的音子，會珍惜那場悲戀的回憶，以此尋求慰藉，也是很自然的事，而這般慰藉逐漸染上自我愛慕的色彩，也是理所當然。

音子沉溺於女弟子慶子，這名同性的年輕少女，儘管一開始是慶子投懷送抱，但這難道不是出於音子的自我愛慕、自我憧憬所採取的一種形式嗎？若非如此……

「老師，請畫我……在我變成您口中的妖婦之前……拜託您，要我全裸也行。」對於說出這番話的慶子，音子絕對不會考慮將她畫成佛像畫風格、稚兒大師風格，甚至是坐在蓮花座中的「聖處女」風格。音子就是想藉由將慶子畫成這種姿態的少女，將自己淨化成惹人憐愛的形象。深愛大木的十六、七歲少女，永遠存在於音子心中，不會成長。但音子並未意識到，也未曾嘗試探究。

——對自己身體的氣味，尤其是汗臭味總帶著潔癖的音子，因京都夜晚的悶熱，今早肌膚的黏膩幾乎要濡溼了睡衣。她醒來後本該立刻離開床邊，但她卻倚著枕頭側身面向牆壁，朝昨晚凝視良久的那幅嬰兒素描又端詳半晌。懷胎八月早產的嬰兒，曾在這世上極爲短暫的片刻喘息，但音子想當那孩子沒能降生在人世、也不曾活在人類的世界，亦即精靈之子，來描繪《嬰兒升天》，所以這幅素描便不易掌握，難以定形。

慶子背對音子，仍在熟睡中。薄薄的麻質毛巾被褪至胸下，被頭夾在慶子腋下。由於是側臥，雙腿並未粗野地張開，但腳踝整個露在被子外。慶子平時常穿和服，不常穿高跟鞋外出，所以細長的腳趾並未顯得趾節粗大，還算勻稱。但那彷佛骨節拉長了似的纖細腳趾，令音子感覺到與自己的不同，所以音子總會刻意讓目光避開慶子身上的腳趾部位。然而，若不看那腳趾而握在手中時，會感受到在自己同時代人們身上所欠缺的，油然心生一股不可思議的歡愉。彷佛手中握著不同於人類的另一種生物的腳趾似的。

慶子身上傳來香水味。要說是年輕女孩用的香水，這氣味似乎太濃郁了些。慶子有時會噴灑這種香水，音子當然知道。但昨天慶子噴上香水後做了什麼呢？音子心頭泛起猜疑。

昨晚三更半夜才返回的慶子，究竟去了哪裡，音子並未細想。因爲她一直望著牆壁的嬰兒素描，心思全放在那上頭。

慶子沒去浴室擦拭身體，便匆匆上床睡覺。之所以覺得慶子已經入睡，或許是因爲音子比慶子早入睡。

音子起床後，先繞往慶子的床鋪後方，藉著淡淡的晨光，低頭朝慶子的睡臉看了一眼後，打開防雨門。慶子向來起床很乾脆，平時就算早上比音子晚醒，但只要傳來音子推開防雨門的聲響，她就會馬上起床幫忙，但今天早上的慶子只是從床上坐起身，望著音子的動作。待音子將紙門和防雨門全部拉開，回到房內後，慶子才說道「抱歉，老師。昨晚我將近三點才睡著……」說完便站起身，先從音子的床鋪收拾起。

「因爲天氣悶熱，睡不好嗎？」

「嗯……」

「啊，不用收睡衣。待會兒要洗的。」

音子抱起睡衣，前往浴室擦身體。慶子也來到浴室內的洗臉臺前，連刷牙都很匆忙。

「慶子，妳也洗洗身子吧。」

「好。」

「妳昨天帶著一身香水味入睡呢。」

「是嗎？」

「還說呢。」音子見慶子似乎心不在焉，有點擔心。

「妳昨晚去哪兒了？」

「……」

「快洗吧。應該不太舒服吧。」

「好，待會兒洗……」

「待會兒？」音子望向慶子。

音子走出浴室，慶子正拉開衣櫃的抽屜，在挑選和服。

「慶子，妳要外出？」音子的聲音顯得尖銳。

「是的。」

「有約嗎？」

「是的。」

「是誰……？」

「太一郎先生。」

音子一時沒弄明白。

「大木老師的太一郎先生。」慶子不顯一絲怯縮，坦然應道。只省略了「兒子」兩字。

「……」音子不作聲。

「太一郎先生昨晚來京都，我趕到伊丹機場接機，約好了今天帶他逛京都。也許是他帶我……老師，我什麼事都沒瞞著您。今天會先去二尊院，太一郎先生說想去看山上的墳墓。」

「墳墓……？山上的……？」音子低語，但聲音微弱得連自己也聽不見。

「是的，據說是東山時代一位公卿的墳墓。」

「是嗎？」

慶子脫下睡衣，裸身背對音子。

「還是穿長襯衣吧。看來今天同樣是個大熱天，光是貼身襯衣可有失禮數。」

音子不發一語，望著慶子穿上和服。

「腰帶要繫緊……」慶子朝繞到背後的雙手使勁。

音子望著鏡中正在化淡妝的慶子，慶子似乎也看見了音子映在鏡中的臉。

「老師，別那樣板著臉嘛……」

音子猛然回神，想放鬆冷峻的表情，但臉卻很僵硬。

慶子望向三面鏡的邊鏡，以手指撥弄耳上的頭髮。耳形漂亮的慶子化妝結束。她才站起身，又跪下來取了一瓶香水。

「身上不是還有昨天的香水味嗎？」音子眉頭微蹙。

「沒關係的。」

「慶子，瞧妳慌慌張張的。」

「……」

「慶子，妳爲什麼要去見他？」

「因爲太一郎先生告訴我班機的時間，說他要來京都。」

「……」

慶子起身，將剛才取出挑選的三件衣服中不穿的兩件單衣草草摺好，放回衣櫃裡。

「摺整齊些再收。」音子說。

「是。」

「重新摺過。」

「是。」但慶子根本沒轉頭朝衣櫃看一眼。
「慶子，妳過來。」音子的聲音變得嚴厲。
慶子坐向音子面前，筆直地望向音子。倒是音子將目光移開，言不由衷地說：
「連早餐也不吃就要走了嗎？」
「昨晚吃得晚，還不餓。」
「昨晚……？」
「是的。」
「慶子。」音子正色道：「妳和他見面，打算做什麼？」
「不知道。」
「妳想見他嗎？」
「是的。」
「是妳自己想見他，對嗎？」音子從慶子那坐立不安的模樣已看出來了，但她卻像要親自確認般問道：「爲什麼？」
慶子沉默不語。
「非和他見面不可嗎？」音子低頭望向膝蓋。「我希望妳別去見他。請不要去。」

「爲什麼？這和老師沒關係吧？」

「有關係。」

「老師又不認識太一郎先生。」

「妳才去過江之島飯店，現在居然還敢和他見面。」

音子是在責備慶子，明明之前和父親去飯店過夜，如今又興高采烈地去見兒子，只是「大木先生」和「太一郎先生」這兩個名字，音子卻鯁在喉中說不出口。

「大木先生是您的舊情人，但老師您根本沒見過太一郎先生，他和您毫無關聯。他只是大木先生的兒子。」慶子說：「又不是您的兒子……」

「……」

慶子這句話刺痛了音子。音子想起十七歲時因小產而失去了她和大木的孩子，隨後，大木的妻子生下了女兒。

「慶子。」音子叫喚她：「妳在誘惑他吧？」

「是太一郎先生自己通知我班機的時間。」

「妳到伊丹去接機，還要和他一起逛京都，你們是這種關係了嗎？」

「討厭啦，老師，說什麼『這種關係』。」

「不說這種關係，要說什麼。交情嗎？」音子蒼白的額頭滲出冷汗，她以手背擦拭。

「妳真是個可怕的女人。」

慶子的眼中閃動著妖豔的光芒。

「老師，我啊，最討厭男人了……」

「別去。拜託妳別去。妳要去，就別再回來了。只要妳踏出這裡，以後大可不必再回來見我。」

「老師。」慶子的眼中似乎閃著淚光。

「妳到底想對太一郎先生做什麼？」音子置於膝上的雙手顫抖著。她頭一次提到「太一郎」這個名字。

慶子霍然起身。

「老師，我走了。」

「別走。」

「老師，請您打我。就像去苔寺那天，再一次痛打我……」

「……」

「老師。」慶子站在原地，猛然一個轉身，就此離去。

音子感覺渾身沁出冷汗。她靜靜凝望著庭園的四方竹葉在朝陽下閃閃生輝。接著她起身走向浴室。也許轉動水龍頭的動作太大，水聲令她嚇了一跳，又慌忙旋緊。細細的水流緩緩流下，她擦著身子，心情已平復些許，但總覺得腦中塞了個硬塊。音子以沾溼的毛巾抵向額頭和後頸。

回到房間，她在能正面看見母親肖像畫和嬰兒臉部素描的位置坐下。一股自我厭惡感貫穿她的背脊。這股自我厭惡感，似乎是來自與慶子的同居生活，進而擴散至到整個自我存在，此刻音子與其說是悲傷，毋寧說感到羞愧，驀然虛脫無力。這些年自己到底是爲了什麼而活，又爲什麼活在這世上。

音子想呼喚母親。這時，中村彝的《老母像》浮現腦海。《老母像》是這位畫家人生終點時的創作。中村留下母親而死去。畫家的絕筆即是這幅《老母像》，基於這層意涵，這幅畫深植音子心中。音子只在畫集上見過這幅畫，未曾親睹原作，所以不易掌握精髓，但音子的確投注著情感來觀看這幅畫的照片。

年輕的中村彝畫筆下的情人很豐滿，筆力強勁，色彩偏重紅色，近似雷諾瓦風格。此外，他廣爲人知的名作《愛羅先珂像》[19]，靜靜呈現出盲眼詩人的高雅與憂鬱，體現崇敬之意，用色溫暖柔美。然而，絕筆作《老母像》用色卻陰暗冰冷，畫法也轉爲簡樸。清瘦而胸

19／ 瓦西里．雅科夫列維奇．愛羅先珂，俄國盲眼詩人、童話作家，與魯迅兄弟多有交往，童年時因病雙目失明，以世界語和日語寫作。

部扁癟的老母親側身坐在椅子上，背景是牆壁，畫面超過一半是木板牆。老母親面前的牆壁刨空擺入一只茶壺，老母親頭後方的牆上掛著溫度計。溫度計原本就掛在那兒嗎？還是畫家作畫時刻意安排的呢？音子自然無從得知，但是這支溫度計和老母親膝上那串從她微微交握的手指間垂落的佛珠，都深深留在音子的印象中。感覺那似乎象徵著比母親早一步離世的畫家死前的心境。就是這樣的一幅畫。

音子從壁櫥裡取出中村彝的畫集。來回比對《老母像》和自己母親的肖像。音子將母親畫得很年輕，而非年邁老母親的肖像。母親先她而逝，也不是音子的絕筆。音子母親的肖像中一無步步進逼的死亡陰影。此外，西洋畫與日本畫雖然不同，但音子面對《老母像》的照片，立時明白了自己所畫的母親肖像過於造作，為此閉上了眼。她朝合上的眼皮使勁，閉得更緊。血氣彷彿從臉上退去。

音子一心想著親近死去的母親，畫下母親的容貌。腦中只想著年輕點、美麗點。那像是音子心中的祈禱。但若中村彝的《老母像》中，也有一位離死亡不遠的畫家投注的祈禱，相較之下，音子的畫是多麼淺薄而矯情啊。音子的一生，不就是這麼回事嗎？

音子的畫並不是直接對母親寫生。而是母親死後，邊看著照片邊作畫。畫得比照片還年輕美麗。音子畫母親時，也看著鏡中與母親神似的自己。畫得矯情而美麗也是理所當然，雖說如此，母親的肖像畫中根本不具有深層的靈魂。

說起照片，音子想到母親自從搬來京都後，不曾拍過個人照。當初音子的照片要被刊在彩頁上時，東京雜誌社派來的攝影師希望拍一張音子和母親的合照，母親卻像要躲起來似的轉頭就跑。音子這才察覺，那或許也是母親心中悲戚的表現。母親像見不得光一樣，躲著世人不敢露面，帶著女兒遷往京都，與東京的親友幾乎斷絕往來。音子未嘗沒有見不得光的感受，但畢竟搬來京都時才十七歲，與母親的孤獨和厭世自然不同。儘管與大木的戀情令她受傷，但她仍保有這份愛，這點也與母親不同。

音子心想，母親這幅畫得重畫吧？

她望向母親的肖像畫，接著又凝望中村彝的《老母像》。

音子感到慶子去見大木太一郎，似乎已離自己遠去。她難以遏抑內心的動搖。

慶子以往總將「復仇」當口頭禪，但早上卻沒提到這個字眼。就算嘴上說討厭男人，但這話恐怕靠不住。找了個昨晚吃得晚這麼牽強的藉口搪塞，等不及吃早餐便出門去了，種種行徑來看，看來慶子根本言不由衷。

慶子到底想對大木的兒子做什麼呢？兩人會變得怎麼樣？二十四年來，始終困在對大木的愛中活過來的自己，又該怎麼做才好？音子坐立難安。

未能阻止慶子去見太一郎的音子，若是跟在慶子身後追去，也和太一郎見面，或許能防止危險發生吧？但兩人要在哪裡見面？太一郎下榻何處？音子完全沒聽慶子提起。

湖水

慶子來到木屋町的「豐沛」時，太一郎已換好外出的西裝，來到高臺上。
「早安。昨晚睡得好嗎？」慶子走向太一郎，靠向高臺的欄杆。「您在等我吧。」
「很早就醒了。聽到河水聲，便被誘起床了。」太一郎說：「還看到了東山的日出呢。」
「這麼早……？」
「嗯。只不過，山那麼近，一點也不像日出。只是隨太陽漸升，東山的綠意逐漸變得鮮明，鴨川的河流在朝陽下閃閃生輝……」
「您一直看著這些？」
「我望著對岸的市鎮也漸漸甦醒，展開一天的活動，覺得很有趣。」
「您睡得好嗎？不習慣這家旅館嗎？」慶子又低語似的說道：「您若沒睡好是因爲我的

緣故，我會很高興的……」

「……」

「您怎麼不說是因爲我呢？」

「是因爲慶子小姐。」

「是被我逼著，不得已才說的吧。」

「但慶子小姐睡得很好吧。」太一郎望著慶子的雙眼。

慶子搖頭，應了聲「不」。

「妳那是一夜好眠的眼睛。像點了燈似的晶亮。」

「因爲我心裡點了燈。是因太一郎先生。就算一、兩晚沒睡，眼睛仍是歡快的。」

慶子那晶亮的雙眸變得柔和而潤澤，注視著太一郎。太一郎執起慶子的手。

「你的手好冷。」慶子低語道。

「妳的手好溫暖。」太一郎說道，手一邊探尋，像要一根根握住慶子的手指般，那柔軟直滲進心坎。慶子的手指纖細得不像是人手，幾欲在太一郎手中融化了似的。也許輕輕一咬便會斷去。太一郎想將慶子的手指含進口中。少女的柔弱彷彿從指間傳了過來。慶子側臉那形狀漂亮的耳朵及細長的脖頸，就在太一郎面前。

「這麼纖細的手指在作畫呢。」太一郎將慶子的手舉到嘴邊。慶子望著自己的手，濡溼了雙眼。

「慶子小姐覺得難過？」

「我這是開心，開心到難過……今天早上，無論太一郎先生撫摸我哪兒，我都想流淚。」

「……」

「我感到有個什麼就要結束了。」

「妳說的是什麼……？」

「您還問，眞壞心。」

「不是結束，是開始。某件事的結束，不就代表某件事的開始嗎？」

「但是，結束就是結束，開始就是開始……終究是兩回事。女人就是這麼想著，而重新轉生爲另一個女人。」

太一郎想將慶子一把摟進懷裡，但他探尋慶子手指的手卻反而鬆開了力道。慶子柔順地倚向太一郎。太一郎一把握住高臺的欄杆。

底下的河灘傳來刺耳的犬吠聲。像是附近店鋪的中年婦女帶著一隻小㹴犬，那㹴犬遇見大秋田犬而猛吠起來。秋田犬幾乎沒理睬牠。牽著秋田犬的年輕男子似是餐館的廚師。中年婦人蹲下身，一把抱起㹴犬。㹴犬在婦人臂彎裡掙扎，仍不住吠叫。婦女轉身背對秋田犬後，㹴犬卻像是朝太一郎和慶子吠叫起來。中年婦人按著㹴犬的頭，望向高臺溫和地微笑。

「眞討厭，一早就被狗吠，今天可眞倒楣。我最討厭狗了。」慶子躲向太一郎背後。狗停止吠叫後，慶子的手仍輕輕搭在太一郎肩上。

「太一郎先生，您和我見面，開心嗎？」

「開心。」

「有我這麼開心嗎……？恐怕不像我這麼開心吧。」

「……」太一郎沒想到慶子會說出這麼富女人味的話來，隨著慶子這句話，一道年輕女性的芳香氣息吹向他後頸。慶子的胸挨近太一郎後背。雖然不是緊緊貼上，但兩人的胸背之間毫無間隙，一股柔軟的暖意傳了過來。慶子已爲自己所有，這念頭在太一郎心中擴散開來。她不再是個不尋常的女孩，也不是個如謎團般的女孩。

「您肯定不知道，我多想和您見面。我原以爲要是不去北鎌倉，就無法見到您。」慶子說：「眞是不可思議。」

「眞是不可思議。」

「我說的不可思議，是我每天都想著您，所以明明是久別重逢，卻覺得常和您見面，眞不可思議。太一郎先生想必早忘了我。這次來京都，才突然想起我吧。」

「慶子小姐說這種話才不可思議呢。」

「是嗎？難道您偶爾會想起我？」

「每次想起妳，總會伴隨著些許痛苦。」

「哎呀，這是爲什麼……？」

「我會因爲妳而想到妳的老師。這就令我想起家母年輕時遭遇的痛苦。那時雖不懂事，但家父的小說裡寫得很詳細。書中寫到家母夜裡抱著還是嬰兒的我，在街頭徘徊，飯碗從手中掉落而哭倒在地。也許是抱孩子的姿勢不對，家母出門後，嬰兒的我便哭個不停，哭聲傳得老遠。但家母連嬰兒的哭聲也聽不見。據說她不僅耳朵聽不見聲音，牙齒也鬆動了。她那時才二十三、四歲啊。可是……」太一郎變得支吾起來。

「家父那本提到上野女士的小說至今依然暢銷。說來的確諷刺，那本小說多年來的版稅，支撐起我們一家的生活費、我的學費，以及我妹妹的結婚費用。」

「這樣不是很好嗎？」

「如今才細究往事已無太大意義，但我一想起來就覺得可笑。那本小說將家母描寫成一個因嫉妒而發狂的醜陋女人，身爲兒子的我實在不喜歡那本書。而後來又出了文庫本，每次增印，出版社就會寄確認用印紙來，在那五千、一萬份紙上蓋章的人，都是家母。如今已是中年婦女的她，爲了那本描寫她醜陋模樣的小說增印而佯作和善，一張接一張在上頭蓋章。」

「……」

「但是，對家母來說，那場風暴或許已經過去了。我們家也已恢復平靜……身爲那部小說作者的妻子，世人明明大可鄙視家母，卻反而相當敬重她，這點實在荒謬。」

「因爲她是大木老師的夫人啊。」

「可是，妳的老師仍活在那部小說裡吧？始終沒結婚……」

「是的。」

「對此，家父與家母不知作何感想。這些日子以來，他們似乎壓根兒忘了上野音子這個人的存在。有時想到我也靠那部小說的版稅塡飽肚子，就覺得難受。一個十六、七歲的少女，這輩子就這樣犧牲了……妳說要爲上野老師向我復仇，這也令我……」

「討厭。夠了。我的復仇已經結束了。」慶子將臉頰貼向太一郎的脖頸。

「我是我。」

「……」

太一郎轉過身來，摟住慶子的肩膀。

慶子幽幽地說：

「上野老師說，我不必回去了。」

「爲什麼？」

「因爲我說要來見您。」

「妳眞說了？」

「我說了。」

「……」

「老師要我別來見您。還說，若非這麼做不可，就不必再回去……」

太一郎鬆開慶子的肩膀。他忽然察覺對岸馬路上往來車輛變多了。東山的顏色也起了變化，呈現出濃淡分明的綠意。

「我不該說嗎？」慶子窺望太一郎繃緊的臉。

「不。」太一郎一時語塞，又說：「總覺得像是我代替家母向上野女士復仇一樣。」

太一郎從高臺走進房間。

「代替令堂復仇……？我做夢也沒想到呢。您說這話可真奇怪。」慶子緊跟著太一郎。

「我們出去走走吧。不，慶子小姐，妳最好還是回去。」

「你好過分。」

「這次是我代替家父來攪亂上野女士的平靜。」

「昨晚胡說復仇什麼的，是我不好。對不起。」

在旅館前攔了輛計程車後，慶子也坐上車，太一郎一副理所當然的模樣。然而當車子駛過市街，抵達嵯峨的二尊院前這段時間，他一句話也沒說。

「車窗都打開好嗎？」慶子也就問了這麼一句話，便沉默不語。只是將自己的手疊在太一郎放在膝上的手上，輕輕敲著食指。慶子的掌心沒有出汗，但透著溼潤，觸感柔滑。

二尊院的山門，是慶長十八年，當時的豪族角倉氏從伏見桃山城運來此地。具有城門般的格局。

「陽光普照，看來今天一樣炎熱呢。」慶子說：「我還是第一次走進二尊院……」

「我稍微調查過家定的身世……」太一郎順著大門的石階而上，同時轉頭望向慶子腳下。慶子的和服下襬微微擺動。

「定家待過小倉山的山腳下，應是毫無疑問。但那叫做時雨亭的山莊遺址有三處，到底何者爲眞，目前似乎尚無定論。分別是這座二尊院的後山、隔壁的常寂光寺，以及厭離庵……」

「老師也帶我去過厭離庵。」

「是嗎。那座尼姑庵裡有一座水井，當初定家寫《小倉百人一首》時，就是取井水來磨硯。」

「我記不得了。」

「那是人稱柳水的名水喔。」

「他眞的取那口井裡的水嗎？」

「也許是因爲定家被敬奉爲和歌之神的地位，所穿鑿附會出的傳聞吧。尤其在室町時代，定家更儼然成了和歌之神、文學之神。」

「定家的墓也在二尊院山上嗎？」

「不。定家的墓在相國寺。厭離庵有一座小塔，傳說是定家的骨灰塚。」

「……」

太一郎這才發現，慶子對藤原定家的生平幾乎一無所悉。

剛才車子行經廣澤池，望見對岸美麗的松山映照在水中的身影，棲宿在嵯峨野上千年的歷史和文學自此化爲風景，在太一郎眼前有了生命。從池岸邊也能望見小倉山。在嵐山前顯得低矮平緩。

太一郎因山野景致而誘發出古典情懷，再加上慶子伴隨在側更顯意興盎然。太一郎強烈地感受到自己身在京都。

然而，這是否也因爲慶子今晨與音子爭執後離開，太一郎似乎在這片景致下讓女孩的激昂情感慢慢緩和了下來呢？驀然察覺到這一點，他轉頭望向慶子。

「別這樣，一臉不可思議地盯著我。」慶子露出目眩的眼神，欲伸手遮掩。太一郎輕撫著她的手。

「是不可思議啊，我居然和慶子小姐走在這種地方……這裡是哪兒呢？」

「會是哪兒？您又是誰呢？」慶子握住太一郎的手指，指甲使勁一掐。「我都不知道呢。」

松樹在正門內寬廣的參道上投落濃鬱的樹影。夾道是高大的赤松。松樹之間還有楓樹。松枝的影子在地面靜靜不動。松樹的影子只在行走的慶子白色的和服及臉蛋上晃動。楓樹的枝椏低垂，幾乎要拂過頭頂。

當見到道路盡頭石階上的瓦頂泥牆時，傳來了水聲。他們登上石階，沿著圍牆左轉。水從瓦頂泥牆的牆根滴落下來。牆上有一面似是隨意鑿開的門。

「沒半個人呢。」慶子站在石階上的門說道。

「雖是名氣響亮的寺院，但幾乎沒什麼人來，眞不可思議。」太一郎也停下腳步。開闊的小倉山就在眼前。銅屋頂的正殿顯得肅穆而沉靜。

「左手邊那棵樹很美吧。那是棵全綠冬青的老樹，號稱西山的名樹。」太一郎走近樹前。全綠冬青從樹根到樹梢，長出因老舊樹瘤而凹凸起伏的樹枝，綠葉繁茂。樹枝雖短，但剛勁有力。

「我喜歡這棵老樹，所以記得特別清楚，但不知已幾年沒見了。」

太一郎只談起這棵全綠冬青，而對於懸掛在正殿的「小倉山」和「二尊院」敕賜匾額，以及二尊院的寺院名稱由來未做任何說明。

太一郎回到弁天堂的右手邊，仰望又高又長的石階。

「慶子小姐，穿和服能上去嗎？」

慶子露出漂亮的皓齒，搖了搖頭。

「上不去。」

「……」

「您牽我的手，待會兒再背我。」

「慢慢上去吧。」

「在這上面嗎？」

「是的。實隆的墓就在石階的最上頭。」

「太一郎先生是爲了那座墓才來到京都，不是爲了見我呢。」

「是的，的確如此。」太一郎先握住慶子的手，隨後鬆開。「我自己上去，妳到下面等我吧。」

「我能上去的。這種石階根本不算什麼……就算要登上小倉山山頂，不再下來也不打緊。」慶子說完後，牽起太一郎的手，踏上石階。

這處沒多少人通行的石階，那一階階古舊的石頭下長出青草和蕨類。黃花在腳下綻放。他們來到一處旁邊排滿了墓碑的地方。

「是這裡吧？」慶子問。

「不，在更上面。」太一郎如此答道，卻走進一旁的墓地。「這三座石塔很漂亮吧。稱之爲三帝陵，是享有盛名的傑出石造藝術。前面的寶篋印塔、還有中央的五重石塔，造型也都很優美吧。」

慶子頷首，細細凝望。

「石頭上留有時代的古風……」

「是鎌倉時代嗎？」慶子問。

「是的，是鎌倉吧。再過去的十層石塔似乎是南北朝。十三重塔上方幾層已經沒了。」

石塔那典雅優美的氣韻，自然也與慶子的繪畫眼光相通。這時兩人仍牽著手，慶子卻恍似將這些事都忘了似的。

「這一帶有二條、鷹司、三條等許多公卿的墓，還有角倉了以和伊藤仁齋的墓。但如此傑出的石塔就只有三帝陵。」太一郎說。

再往上來到石階頂端後，有一座名叫開山廟的小祠堂。祠堂內只立著一座石碑，上頭刻有振興二尊院的湛空上人功績，相當罕見。

但是，太一郎卻對這座祠堂連看也不看一眼，逕自走向祠堂右側整排的墓碑。

「就是這個，三條西家的墓。右邊角落是實隆。上頭寫著前內大臣實隆公。」

慶子仔細一瞧，僅與膝同高的墳墓旁，立著一塊刻有實隆名字的石頭。旁邊的墓前也立著一塊窄細石柱，刻著「前右大臣公條公」，左邊則刻著「前內大臣實枝公」。

「這些叫內大臣、右大臣的人，墳墓卻如此簡陋？」慶子問。

「是的。我就喜歡這種簡樸的墓。」

倘若沒見到那些刻著名字和官位的石頭，可說和仇野的念佛寺那成群無主孤魂的墓碑沒什麼兩樣。老舊又布滿青苔，幾乎和黃土一樣埋沒在時光的洪流裡，彷彿連墓碑形狀都難以辨識。這些石頭默默矗立著。正因爲它們的沉默，太一郎才蹲下身，像是想傾聽墓碑那遙遠而微弱的聲音。由於慶子的手仍牽著太一郎，手一拉，慶子便也蹲下身來。

「這是和人們很親近的墓地。」太一郎像是想引起慶子感興趣般說道：「我曾研究實隆的事蹟。實隆相當長壽，活了八十三歲，他在二十歲到八十一歲這六十一年來所寫下的日記，是東山文化的重要史料。此外還有實隆的親戚，同是公卿所寫的日記，連歌師的日記中也常提到實隆的名字。實隆的時代，在亂世之中卻仍有著文化的傳統與振興，一番研究後，令人深深著迷。」

「因爲您著手研究，才覺得與這些墳墓分外親近。」

「或許吧。」

「您研究幾年了呢？」

「三年，不，該有四、五年了。」

「太一郎先生的靈感從這墳墓裡湧現嗎？」

「靈感？靈感嗎……？」太一郎像自問般，此時慶子突然將前胸倒向他的膝蓋。太一郎一陣踉蹌。慶子雙臂環住他的脖子。

「在太一郎先生重視的墳墓前……對吧？」

「……」

「讓它成爲我也覺得親近的墳墓……有著重要回憶的墳墓……因爲太一郎先生的內心受到墳墓的召喚。它不是墳墓啊。」

「不是墳墓嗎？」太一郎心不在焉地將慶子的話又重複了一遍。「就算是墳墓，百年之後也不再是墳墓……」

「您說什麼啊。我聽不見。」

「就算是石造的墓，作爲墳墓的壽命確實也有終結的一刻。」

「聽不見。」

「妳的耳朵貼得太近了。」太一郎將嘴脣湊向眼前的耳朵。

「討厭啦，很癢呢。」慶子搖晃著頭。

「……」

「你朝我耳朵呼氣，好癢啊。你眞壞。」慶子的眼珠擠向眼角，仰望太一郎的臉。她的臉斜斜貼在太一郎胸前。

「我討厭朝女人耳朵吹氣的人。」

「我沒吹氣。」

太一郎差點輕聲笑了起來，似乎這才明白自己正摟著慶子的背。手臂強烈感受到慶子的重量。他膝上的慶子變沉了，卻又是那樣輕盈而柔軟。

由於慶子冷不防將前胸倒向正蹲著的太一郎膝上，所以太一郎此時的姿勢很不自然。爲了避免後仰倒下，他時而朝趾尖用力，時而朝腳跟使勁。他不自覺地這麼做。

慶子將雙臂環向太一郎的脖頸，衣袖自然滑落到手肘。太一郎感到慶子光滑的肌膚冰涼地貼在他脖子上，這倒讓太一郎回過神來。

「我才不會朝美人的耳朵吹氣呢。」太一郎心想也許是呼吸過於粗重的緣故，便一邊讓呼吸平靜下來，一邊說道。

「我的耳朵怕風吹。」慶子低語道。

慶子的耳朵引誘著太一郎。太一郎以指尖輕捏她耳朵。慶子睜著眼睛，臉沒轉動，太一郎把玩起她的耳朵。

「就像一朵奇妙的花。」

「是嗎？」

「妳是不是聽到了什麼？」

「聽得到啊，那是……」

「是什麼？」

「是什麼呢？好像是蜜蜂停在花上的聲音……不是蜜蜂，也許是蝴蝶。」

「因爲是輕輕撫摸。」

「您喜歡摸女人的耳朵？」

「咦？」太一郎的手指停下。

「喜歡嗎？」慶子輕柔地悄聲說著。

「因爲沒看過這麼漂亮的耳朵……」太一郎好不容易才擠出這句話。

「我喜歡幫人掏耳朵。很奇怪吧？」慶子說：「因爲喜歡，所以技術很好喔。待會兒幫您掏吧。」

「……」

「沒半點風呢。」

「沒有風，只有陽光的世界。」

「是嗎？在這樣的日子，一早就在古墓前被您抱在懷裡，多麼珍貴的回憶。墳墓所賦予的回憶，眞奇妙。」

「墳墓是爲了回憶而建造的吧。」

「太一郎先生的回憶肯定很短暫。很快便消失了。」

慶子單手撐著太一郎的膝蓋，想站起身。

「好難受。」

「爲什麼妳以爲很快會消失？」

「維持這樣的姿勢眞難受。」慶子想從他身邊離開，但太一郎一把摟住她。輕輕吻向她的嘴脣。

「不，不要，不要親嘴。」

慶子厲聲拒絕，令太一郎大爲吃驚。但慶子也許是爲了藏起嘴脣，將臉緊緊貼向太一郎胸前。太一郎的手在慶子的秀髮中探索，當摸向她額頭，要讓她的頭從胸前移開時，慶子的臉卻加以抵抗。

「好痛。你這樣壓著我的眼睛，都快冒金星了。」慶子說著，卻終究不敵太一郎手中的力道。

慶子緊閉著眼睛。

「壓到了哪隻眼睛？」

「右眼。」

「還痛嗎？」

「很痛。沒流淚嗎……？」

太一郎望向慶子的右眼，眼皮上並未留下泛紅的指痕。太一郎的臉自然低了下來，吻向慶子的右眼。

「啊。」慶子輕輕驚呼一聲，但無意抗拒。

太一郎的嘴脣感覺到慶子長長的睫毛。

太一郎像遇上可怖之物般退開。

「眼睛就可以？但嘴脣不行……」

「你欺負我。我不管了。居然說出這麼欺負人的話。」慶子推了一把太一郎的胸口，順勢站起。白色的手提包掉落在地上。太一郎將它拾了起來，也站起身。

「好大的手提包。」

「嗯，因爲裝了泳衣呢。」

「泳衣……？」

「您不是答應我，說要去琵琶湖嗎？」

「……」

「右眼好模糊，都看不清了。」

慶子從太一郎遞過來的手提包裡取出小鏡子，邊照鏡子邊說：

「還好沒變紅。」

接著她以手指輕輕揉起了右眼眼皮。她察覺太一郎靜靜盯著她瞧，不由臉泛紅暈，美豔又嬌羞的眼眸望向地面。她的手指輕觸太一郎的白襯衫。上頭印著慶子淡淡的口紅。

「怎麼辦？」太一郎執起慶子的手問。

「還能怎麼辦，清不掉的。」

「不，這種小汙漬，扣上外衣鈕釦就遮住了。我是說，接下來該做什麼好。」

「接下來……？」慶子那漂亮的頸項微微一偏。「我不知道。我什麼都不想管。」

「下午再去琵琶湖吧？」

「幾點了？」

「差一刻就十點了。」

「還這麼早……？樹葉看起來像正午呢……」慶子環視周遭的樹木。「嵐山在附近吧。夏天的嵐山遊客似乎不少。爲什麼這裡都沒人來呢？」

「就算來到二尊院，肯爬上來的人或許也不多。」

太一郎看似漫不經心應了一句，內心稍微鬆了口氣，取出手帕擦著冒汗的臉。

「妳願意去時雨亭的遺跡看看嗎？聽說一共有三處，我無意調查哪個才是眞的，而且二尊院的時雨亭我沒去過。雖上來過兩、三次，就只是看過立牌而已……」

時雨亭遺跡路標的木牌，就在後方的山腳。

「還要往上爬嗎？」慶子抬頭望向山頂。「好吧。就算是山頂我也去。要是不好走，我就打赤腳。」

在需要撥開樹木才能攀登的小路上，傳來慶子的和服摩擦樹枝的聲響。太一郎轉過頭來，一把握住慶子的手。

前方很快就出現岔路。

「走哪邊好呢？好像是左邊。」太一郎說。但通往左邊的道路與其說是順著山腹走，不如說是走在山崖上。太一郎略顯躊躇。

「很危險呢。」

「好可怕。」慶子雙手握住太一郎的右手。「穿草鞋的話，可能會打滑跌落。我們走右邊吧。」

「走右邊嗎……？也不知時雨亭是在右邊還是左邊……右邊好像是往山頂的路。」

那是掩蔽在樹叢間的路。太一郎任由慶子溫柔地拉著走，但慶子突然停下腳步。

「你讓我穿和服在這樹叢中行走？」

遮蔽著兩人的矮樹前方，高高矗立著三棵松樹。北山從松樹間探頭，隱約可見市街的外郊就在下方。

「到底在哪兒呢？」太一郎正想指著那方向，慶子卻已挨近他。

「不知道啊。」

太一郎腳下一個踉蹌，但配合慶子緩緩倒過來的動作，坐了下來。慶子任由他抱在懷裡，右手理了理零亂的下襬。

太一郎的嘴脣湊向眼睛時，慶子閉上眼。儘管太一郎的脣從慶子的眼睛移向嘴脣，她也沒躲開。只是雙脣緊抿，無意打開。

太一郎在撫摸慶子那嬌嫩纖細的頸項時，手緩緩伸進她的衣襟內。

「不、不行。」慶子雙手握住太一郎的手。兩人的手疊在一起，太一郎的手掌從慶子的和服外覆在她鼓起的前胸上。慶子將太一郎的手從右胸移往左胸。接著慶子突然睜開原本瞇著的眼睛，望向太一郎。

「右邊不行。不可以。」

「咦？」太一郎一陣愕然，隨即鬆開覆在慶子左胸上的手。慶子瞇起眼睛道：

「右邊會讓我感到哀傷。」

「感到哀傷……？」

「是的。」

「爲什麼……」

「我也不知道爲什麼。可能是因爲心臟不在右邊吧。」說著，慶子難爲情地閉上眼，將左胸靠向太一郎胸膛。

「年輕女孩也許身上哪裡有缺陷。那缺陷之處逐漸圓滿，也會覺得哀傷。」

「……」

慶子在江之島飯店，不讓太一郎的父親摸左邊乳頭的事，太一郎當然意想不到。與那時相反，慶子雖允許兒子太一郎摸左胸，卻避開右胸，此事太一郎自然也無從得知。慶子說年輕女孩身上都有缺點，這讓太一郎感受到一股惹人憐愛的刺激。

然而，慶子剛才的口吻聽在太一郎耳裡，也是她胸前曾被男人撫摸過的明顯證據。而這同樣也誘惑著太一郎。太一郎稍微出力一把握住慶子的頭髮，吻了她。慶子的額頭和脖子微微滲著汗。

兩人走過角倉家的墓前，下了山，前往祇王寺。從那裡折返，信步到嵐山。在吉兆共進午餐。

「讓兩位久等了。車子已經到了。」女侍前來說道。

「啊。」太一郎幾乎驚呼出聲，望向慶子。以爲慶子離開是去化妝室，但太一郎這才發現，慶子已結好帳，並叫了車。

車子駛近京都市街裡的二條城時，慶子突然開口：

「沒想到這麼快就能去了。」

「去哪兒……？」

「討厭，您怎麼迷糊了……當然是去琵琶湖啊。」

「……」

車子朝東寺的高塔而去，路過右手邊七條的京都車站，行經東寺前。這是南迴道路。有段路下方便是鴨川，河水湍急，不像鴨川平時的樣貌。看到路前方的高山後，司機說：

「記得那是牛尾山。牛尾巴的牛尾。」

車子行經牛尾山左側，翻越東山南方。

左側俯瞰湖水，景致遼闊。

「是琵琶湖呢。」明知是琵琶湖，慶子仍興奮地高喊：「終於帶您來了。終於……」

太一郎沒留意慶子的聲音，倒是被湖面上眾多的帆船、汽艇、觀光船吸引了。

車子來到大津老市街。在琵琶湖觀景臺一帶左轉，行經汽艇的比賽場地，穿過濱大津街，駛進琵琶湖飯店的林蔭道路。林蔭道路兩旁停了整排的私家車。

慶子在乘車時和路途中，都沒對司機說目的地，由此來看，難不成她在吉兆餐館便已提前吩咐司機一路開往琵琶湖飯店？太一郎略感意外。

飯店的服務生前來迎接，幫他們打開大門，太一郎只好也走進去。

慶子沒看太一郎的臉，逕自走向櫃檯，流暢地說道：

「從嵐山的吉兆打電話來訂房的，姓大木……」

「是，有的。」櫃臺人員答道：「住一晚吧？」

慶子不置可否。不發一語退向後方。這是在催促太一郎在住宿人卡片上簽名。太一郎無暇思考該不該使用假名，慶子已說了「姓大木」，於是他寫下本名以及北鎌倉的眞實住址。至於慶子的欄位，他就在自己名字底下寫上「慶子」。寫了「慶子」後，太一郎的呼吸緩和不少。

手持房間鑰匙的服務生站在電梯旁，等候兩人搭乘。房間在二樓，根本不必搭電梯。

「這房間眞不錯……」慶子說。

兩個房間相連，裡間是寢室，外頭的房間一面朝湖景，一面可欣賞京都交界處的山林。飯店可能是配合桃山情調的山形牆建築，房間的窗戶外圍著紅色欄杆。牆壁和窗戶下的裙板，玻璃窗粗大的邊框和櫺木，都顯得古色古香，給人沉穩之感。還有一面幾乎與牆面一樣大的觀景窗。

女服務生很快便送來熱茶。

慶子站在面向湖水的窗戶前，雙手抓著白色的蕾絲窗簾邊角，始終沒回頭。

太一郎坐在長椅中央，望著慶子的背影。慶子穿的不是昨天的和服，但腰帶和昨天到伊丹機場來接機時一樣，是虹的圖樣。

慶子的背影左側是那座湖。成群的帆船朝同一方向揚起風帆。帆以白色居多，也有紅色、藏青、紫色。汽艇揚起水霧，在湖中拉出長長的水紋，各自往前飛馳。

汽艇的引擎聲，飯店泳池的人聲、庭園裡除草機的聲響，逐一傳進窗戶。房內有冷氣機的風聲

太一郎像在等著慶子。

「慶子小姐，要喝茶嗎？」他拿起桌上的茶杯。

慶子搖了搖頭。

「您爲什麼一句話也不說？爲什麼保持沉默？您好殘酷。太殘酷了。」慶子搖晃著窗簾。她的身體似乎也隨之晃動。「您不覺得這景致很美嗎？」

「是很美。可是，妳的背影更美。我心裡只想著，那是慶子小姐的頸項、是慶子小姐的腰帶……」

「您還記得在二尊院的後山，您膝蓋上的是什麼嗎？」

「問我還記不記得……？是剛才的事嗎……？」

「可是，您一定在生我的氣。您很驚訝吧？很意外吧？我全都明白。」

「我的確很驚訝。」

「我也對自己很驚訝。卯足全力的女人，眞可怕。」慶子低聲說道：「正因爲可怕，您才不靠近我吧。」

太一郎起身走近，手搭在慶子肩上。在他那隻手輕輕引導下，慶子順從地來到長椅，緊挨著太一郎坐下。她垂眼望著地面，沒看太一郎。

「餵我喝。」慶子低語。太一郎拿起茶杯，湊向她的臉。

「用您的嘴……」

太一郎遲疑片刻，含了口溫熱的茶，緩緩地從慶子的唇間送入口中。閉著眼睛昂首的慶子微啟雙唇吸吮，喉嚨吞嚥，她的手腳與身體則全然不動。

「再來……」她維持不動說道。太一郎又含了口茶，送進她口中。

「啊，眞好喝。」慶子睜開眼。「就算死也無憾了。這茶有毒就好了……我已經不行了。太一郎先生，您也不行了。」

慶子又說了一句「您轉過去」，將太一郎的肩膀轉了半圈，然後將臉貼向他後背。慶子維持這個姿勢，輕柔地抱住太一郎，探索太一郎的手。太一郎握住慶子的一手，從她的小指依序輕撫她的五根手指，逐一細瞧。

「抱歉。我一時心不在焉，沒注意……」慶子說：「您先泡個澡吧。我去幫您放洗澡水。」

「也好。」

「只是沖澡也行……」

「因爲汗臭嗎?」

「我喜歡啊。有生以來頭一次遇上這麼喜歡的氣味。」

「……」

「但您還是想洗個澡,清爽一下吧?」

慶子起身走進寢室,傳來她在浴室裡放洗澡水的聲響。

當太一郎欣賞觀光船朝飯店岸邊駛近時,慶子已放好熱水返回。

太一郎以肥皂澈底洗淨了在嵯峨流了一身汗的身軀。

這時,浴室響起一陣意外的敲門聲,太一郎不由縮起身子,以爲慶子要進來。

「太一郎先生,您的電話。出來接吧……」

「我的電話?不可能啊。哪裡打來的……?一定是打錯了。」

「您的電話。」慶子只是一味地叫喚。

「這就奇怪了,沒人知道我在這兒。」

「可是,對方說要找您……」

太一郎來不及擦乾身子,就披上浴衣走出浴室。

「妳說是我的電話……？」他露出莫名其妙的表情。

他見電話就擺在兩張床的枕頭之間。正朝電話走近時，慶子卻喊住他：

「是這邊的房間。」

電視旁的小桌子上，有個已取下的話筒。太一郎抓起話筒移向耳邊的片刻，慶子對他說：

「是您北鎌倉的家中打來的。」

「咦？」太一郎臉色大變。

「爲什麼會……？」

「是令堂接的。」

「……」

「電話是我打的。」慶子以緊繃的聲音接著說道：「我告訴她『我和太一郎先生來到琵琶湖飯店。太一郎先生承諾要娶我。希望能先徵求您的同意』。」

太一郎愕然屏息，注視著慶子的臉。

慶子這番話，母親當然聽到了。剛才太一郎雖然在浴室裡，但寢室的房門緊閉、浴室門緊閉，又有水聲，這才沒聽到慶子撥電話的聲音。讓太一郎去浴室洗澡，莫非是慶子打好的算盤？

「太一郎、太一郎，你在嗎？」太一郎握在手中的話筒，傳來母親的叫喚聲。

在太一郎的注視下，慶子目不稍瞬地回望他，那幾乎要將太一郎貫穿的光芒，美豔絕倫。

「太一郎，太一郎，你不在嗎？」

「媽，我是太一郎。」太一郎將話筒貼向耳邊。

「太一郎，是太一郎吧。」母親說著再清楚不過的事，原本壓抑的聲音瞬間高漲。「不可以……太一郎，千萬不可以啊。」

「……」

「你知道她是個怎樣的女人吧。你應該知道吧。」

「……」

慶子從後方環抱太一郎的胸膛，以臉頰將太一郎貼在耳邊的話筒推開，嘴脣堵住太一郎的耳朵。

「媽……」慶子像在叫喚般說道：「媽，您知道慶子爲什麼打電話給您嗎？」

「太一郎，你在聽嗎？是誰在聽電話？」母親問。

「是我。」

太一郎躲開慶子的柔脣，將話筒抵向耳邊。

「多麼厚顏無恥，太一郎明明在場，卻還搶著接電話……就是那女人要你打電話回來嗎？」母親連聲說道：「太一郎，你趕快回來。馬上離開飯店回來……那女人在偷聽吧？就算她聽到也沒關係。讓她聽到更好。太一郎，唯獨那個女人，你絕不能和她扯上關係。她是個可怕的蛇蠍女。我再清楚不過了，絕對不會有錯。別讓我再嘗一次那幾欲發狂的痛苦。要是再來一次，我肯定沒命。這並不只是因爲她是上野音子小姐的弟子啊！」

太一郎聽著電話，同時任由慶子的柔脣抵向他的後頸。慶子在太一郎耳邊呢喃：

「我若不是上野老師的弟子，就無法遇見太一郎先生了。」

「那女人有毒。我懷疑她也曾誘惑你爸。」母親接著道。

「咦？」太一郎輕輕驚呼一聲，微弱得電話那頭幾乎聽不見。然後他轉頭想看慶子。原本嘴脣緊抵太一郎後頸的慶子，隨著太一郎轉頭，臉也跟著移動。太一郎覺得一邊和慶子接吻，一邊聽母親說電話，對母親是很大的侮辱。偏偏他又不能掛上電話。

「我回鎌倉後，再好好對妳說。」

「是嗎，請馬上回來。你該不會已經和那女人鑄下大錯了吧？該不會打算留在那裡過夜吧？」

「……」

「太一郎。」母親叫喊道：「太一郎，你仔細看她的雙眼。想想她說過的話。她身爲上野音子小姐的弟子，卻又說想和你結婚……你認爲這是怎麼一回事？不覺得這是魔女的陰謀嗎？或許她並非一直是魔女，但面對我們一家人，她就是會化身爲魔女。媽媽看得一清二楚。這不是我在胡思亂想。你這次去京都，我就有不祥的預感。果然和那女人有關。你爸也說很可疑，臉色大變。太一郎，你若不回來，我和你爸兩人就搭飛機去京都找你。」

「我明白了。」

「你明白什麼？」母親像在確認似的問道：「你會回來吧？眞的會回來吧？」

「是的。」慶子轉身躲進裡間的寢室，帶上了門。

太一郎靜靜站在窗邊，望著湖水。一臺輕型飛機採低空飛行，從湖面上遠去，應該是遊覽吧。衆多的汽艇中，有的從水面上高高立起，蹦蹦跳跳地往前疾馳。有的後方拖著水上滑板。滑板上站著女人。

泳池傳來一陣人聲。窗戶下方草地上躺著三名身穿泳裝的年輕女子。感覺就像是一處讓人從客房欣賞她們大膽姿態所設的場所。

「太一郎先生、太一郎先生。」慶子從寢室叫喚。太一郎開了門一看，慶子已換上白色泳裝。太一郎倒抽一口氣，不由別過臉。慶子那小麥色的肌膚無比耀眼，幾乎讓人看不見泳衣的白色絲線。

「好美啊。」慶子來到窗邊。穿上泳衣的慶子，後背完全裸露。「山上的天空很美吧？」

那道亮光好似以金色的刷毛猛烈刷過一般，在山巔的天空一路綿延。

「妳說的是叡山吧？」太一郎問。

「是叡山。看起來就像一把刺向我們命運的長槍，所以才叫您來看。和令堂的電話談得怎樣了？」慶子轉頭望向太一郎。「我希望令堂能到這裡來。令尊也是……。」

「胡說什麼呢。」

「眞的，我是說眞的。」

慶子突然緊緊挨向太一郎。

「跟我來嘛。我要下水。我想泡進冰涼的水裡。您不是答應過我嗎？您也答應過我，要一起搭汽艇。之前我去伊丹接機時，您就答應過的，不是嗎？」慶子倒進太一郎懷裡。

「您要回去了嗎？因爲令堂的一通電話，就要回鎌倉了吧？這樣你們會錯過彼此的。因爲他們兩位會趕來這裡……令尊或許不想來，但令堂會強迫他來。」

「慶子小姐，妳會誘惑過家父嗎？」

「誘惑……？」慶子將臉貼上太一郎的胸膛，搖晃著臉蛋。「我誘惑過您嗎？有嗎？」

太一郎的手臂環向慶子裸露的部位。

「我問的不是我，是家父。妳別轉移話題……」

「太一郎先生才是呢，別轉移話題。我剛才問您，我是否誘惑過您。太一郎先生是否滿腦子以爲是我在誘惑您呢？」

「……」

「世上可有哪個男人，會問抱在懷裡的女人，是否誘惑過自己的父親？世上可有哪個女人會遭遇如此可悲的事？」慶子潸然落淚。「太一郎先生，您希望我怎麼說？反正我就要溺死在湖裡了……」

太一郎抓住慶子顫抖的肩膀時，手碰觸到泳衣的肩帶，便順勢拉下。慶子單邊渾圓的胸部一半露了出來。太一郎拉下她另一邊的肩帶。慶子挺起她裸露的胸部，一陣踉蹌。

「不，右邊不行。您就放過我吧，右邊不可以……」

慶子閉上流淚的雙眼。

慶子以一條大浴巾裹住前胸和後背，從浴室走出。太一郎也陪同走過大廳旁，來到庭園。眼前高大的樹木上綻放出芙蓉般的白花。太一郎只是脫去外衣，解下領帶。

來到面湖的庭園後，左右各有一座泳池。右邊的泳池坐落草地中央，裡頭有孩童在戲水。左邊的泳池則在草地外圍，打造得比周邊來得高一些。

來到左邊泳池的柵欄入口，太一郎停下腳步。

「您不進去嗎？」

「不，我在這裡等。」慶子的身材吸引眾人目光，一旁的太一郎一臉難爲情，爲此躊躇。

「是嗎？我只是想泡泡水。今年還是第一次下水，想試試看能不能游得好罷了。」慶子說。

岸邊的草地上，垂柳和枝垂櫻保持間隔矗立。

太一郎坐在一株老糙葉樹下的長椅，望著游泳池的方向。起初沒發現慶子，隔了一會兒才見到慶子在跳臺上。跳臺雖低，但擺好姿勢的慶子身後是琵琶湖的湖面，湖水的後方遠山連綿。慶子緊實的身形顯得特別突出。遠山籠罩在朦朧水氣中。水色湛深的湖面，似乎瀰漫起一股若有似無的淡淡桃紅。不久，船帆也蒙上寧靜的暮色。慶子飛躍入水，濺起水花。

步出泳池的慶子，租了一艘汽艇，邀太一郎同乘。

「都快傍晚了，明天再坐吧。」太一郎說。

「明天……？您說明天？」慶子雙目炯炯。「您會待到明天嗎？您真的打算留下來陪我嗎？明天……？誰知道明天會怎樣。不是嗎？至少請您遵守這項承諾。只要船開到那兒，就馬上掉頭。在這短短的片刻，我想和您離開陸地，漂浮在湖面上。想筆直地衝破命運的波浪，隨波蕩漾。明天終究會從手中溜走。把握今天吧。」慶子拉著太一郎的手。「你看，湖面上還有這麼多小艇和帆船，不是嗎？」

過了三個小時。

上野音子從收音機的新聞上聽聞琵琶湖發生汽艇意外事故後，搭車火速趕至飯店時，慶子就躺在床上。

慶子被一艘帆船救起，此事音子也是從收音機的播報新聞中得知。音子走進寢室，向一位像是負責照料的女侍詢問：

「她醒了嗎？還是睡著的？到底怎麼樣？」

「是這樣的。剛才注射了鎮靜劑，睡著了。」女侍回答。

「鎮靜劑……？這麼說來，她已經救回來了？」

「是的。醫生說不必擔心。帆船送她上岸時，她就像死了一樣，但一嘔出水來，進行人工呼吸後，便清醒了過來。她不住叫喚同伴的名字，發狂似的大叫大鬧……」

「她的同伴怎麼了？」

「還沒找到。正在努力搜救。」

「還沒找到……？」音子的聲音顫抖著，回到面湖的窗戶附近往外望去，只見飯店左側寬闊的夜間湖面上，亮著燈的汽艇匆忙逡巡往返。

「除了我們的船艇外，附近的汽艇全都出動了。警方也派船搜尋。岸邊不是燃起了篝火嗎？」女侍說：「多半沒希望了……」

音子抓緊了窗簾。

此時也有觀光船沒理會成群汽艇不安的亮光動向，掛著成排的紅色裝飾燈，朝飯店岸邊緩緩駛近。也能看見對岸打向高空的煙火。

音子察覺到自己的膝蓋在打顫後，肩膀到胸口一帶也發起抖來。觀光船的裝飾燈在她眼中晃蕩，就像是她的身體在搖晃般。她雙腳踩穩地面，轉過身。寢室那扇門開著。當慶子躺著的那張床映入眼中時，音子就像完全不記得自己剛才已出入過寢室一般，急忙返回慶子枕邊。

慶子靜靜地沉睡著。呼吸相當平順。

這反而令音子感到不安。「就讓她這樣好嗎？」

「沒事的。」女侍頷首。

「她什麼時候會醒來？」

「我也不清楚。」

音子伸手探向慶子額頭。那略嫌冰涼的肌膚，好似吸附著音子的手掌般，透著溼氣。儘管血色盡失，臉色蒼白，兩頰仍微微泛紅。

應該是原本浸泡在水裡的頭髮，大致擦乾便沒再處理，在枕頭上披散開來。就像還是溼髮一樣，烏黑水亮。脣間露出潔白的牙齒。她雙臂伸直，蓋在毛毯下。仰躺的慶子，那天真爛漫的睡臉，深深滲進音子心底。那是猶如向音子，以及向生命告別的睡臉。

音子正想搖醒慶子，隔壁房間傳來敲門聲。

「來了。」女侍前往開門。

大木年雄和妻子文子走進房內。大木與音子目光交會，不禁呆立原地。

「妳是上野，上野小姐吧。」文子說：「是妳吧。」

音子與文子第一次見面。

「是妳派她害死太一郎的，對吧？」文子的聲音平靜，不帶一絲情感。

音子只是嘴脣微動，無言以對，一手抵向慶子的床鋪，試圖撐住身體。文子走上前。音子像要避開似的，肩膀往後一縮。

文子雙手搭在慶子胸前，一面搖晃，一面喚道「起來，起來」。文子手上的動作愈來愈粗魯，還搖晃著慶子的頭。

「還不起來？還不起來嗎？」

「醫生讓她服藥睡著了……」音子說：「不會醒來的。」

「我有話要問她。這攸關我兒子的性命。」文子仍想搖醒慶子。

「之後再說吧。很多人都在幫忙找太一郎。」大木說著，緊摟著文子的肩膀，步出房外。

音子痛苦地喘息，倒向床鋪，望著慶子的睡臉。淚珠從慶子的眼角流出。

「慶子。」

慶子睜開眼。淚光閃閃凝望著音子。

川端康成年譜

明治三十二年（一八九九）

六月十四日，生於大阪市天滿此花町，為父親榮吉與母親源之子。其上有一姊芳子。父親為醫師，熱愛漢學。

明治三十四年（一九〇一）　二歲

一月，父逝。

明治三十五年（一九〇二）　三歲

一月，母逝。隨祖父母移居原籍地大阪府三島郡豐川村。姊姊寄養於大阪府東成郡鯰江村的姨母家，姊弟分離。

明治三十九年（一九〇六）　七歲

入學就讀豐川村小學校。九月，祖母逝。從此與祖父相依為命。

明治四十二年（一九〇九）　十歲

七月，姊逝。

明治四十五年・大正元年（一九一二）　十三歲

進入大阪府立茨木中學。大量閱讀《新潮》、《中央公論》等小說和文藝刊物，中學二年級時便立志成為小說家。

大正三年（一九一四）　十五歲

五月，祖父逝。成為孤兒，被豐里村的舅舅家收養。

大正四年（一九一五）　十六歲

三月，入住茨木中學的宿舍，直到畢業。嗜讀白樺派的作品。

大正五年（一九一六）　十七歲

開始向雜誌投稿短歌、俳句，並為茨木的小報撰寫短篇小說與短文。

大正六年（一九一七）　十八歲

一月，英語老師倉崎仁一郎猝死，以〈為恩師抬棺〉（師の柩を肩に）一文投稿於石丸梧平的雜誌《團欒》，獲刊，昭和二年三月改題為〈倉木老師的葬禮〉重刊於《KING》。

大正七年（一九一八）　十九歲

三月，中學畢業後，前往東京。寄居於淺草藏前的表兄家，常去淺草公園。九月，進入第一高等學校一部乙類（英文），住校。最常閱讀俄國文學。

秋，初次赴伊豆旅行。途中與流浪藝人一行人結伴而行。此後十年，每年均前往湯島溫泉。

大正九年（一九二〇）　二十一歲

七月，自一高畢業，進入東京帝國大學英文科。與石濱金作、酒井真人等同窗及今東光籌畫《新思潮》的第六度出刊，為承襲雜誌之名前往拜訪菊池寬以徵求同意。從此長期受菊池照拂。

大正十年（一九二一）　二十二歲

二月，《新思潮》第六度復刊。四月，發表〈招魂祭一景〉，成為出道作品。同年，在菊池家認識橫光利一、久米正雄、芥川龍之介等人。

九月至十一月，經歷與伊藤初代訂婚、又遭單方面悔婚的打擊。

四月，〈招魂祭一景〉（新思潮）

大正十一年（一九二二）　二十三歲

七月，〈油〉（新思潮）

六月，由英文科轉至國文科。是年起於《新思潮》、《文章俱樂部》、《時事新報》等撰寫小品與文評。

大正十二年（一九二三）　二十四歲

一月，菊池寬創立《文藝春秋》，自第二期起加入編輯群。

五月，〈會葬的名人〉（文藝春秋，後改題爲〈葬禮的名人〉）

七月，〈南方之火〉（新思潮）

大正十三年（一九二四）　二十五歲

三月，自東京帝國大學畢業。畢業論文為〈日本小說史小論〉。十月，與片岡鐵兵、橫光利一、今東光、中河與一、佐佐木茂索等二十來人創刊《文藝時代》，「新感覺派」誕生。

大正十四年（一九二五）　二十六歲

結識秀子，展開婚姻生活（但此時尚未正式登記結婚）。

八月，〈十七歲的日記〉（文藝春秋，後改題爲〈十六歲的日記〉）

十二月，〈白色滿月〉（新小説）

大正十五年·昭和元年（一九二六）

與片岡鐵兵、橫光利一、岸田國士加入衣笠貞之助的新感覺派電影聯盟。川端的劇本《瘋狂的一頁》拍成電影，獲全關西電影聯盟推舉為是年的優秀電影。

一月，〈伊豆的舞孃〉（文藝時代，二月完結）

六月，《感情裝飾》處女短篇集（金星堂）

昭和二年（一九二七）　二十八歲

四月，自湯島回東京，居於高圓寺。十一月，移居熱海。

三月，《伊豆的舞孃》短篇集（金星堂）

四月，〈梅之雄蕊〉（文藝春秋）

五月，〈柳綠花紅〉（文藝時代，日後與前作合併，改寫爲〈春景〉）

昭和四年（一九二九）　三十歲

九月，移居上野櫻木町。常去淺草公園取材，認識了劇團Casino Folies的跳舞女郎。十月，與堀辰雄、深田久彌、永井龍男等加入同人雜誌《文學》，犬養健、橫光利一也一同加入。

十月，〈溫泉旅館〉（改造）

十二月，〈淺草紅團〉（東京朝日新聞，五年二月完結）

昭和五年（一九三〇）　三十一歲

四月，在文化學院、日本大學授課。九月《淺草紅團》電影上映。

六月，〈春景〉（《十三人俱樂部》第一集）

十二月，《淺草紅團》（先進社）

昭和六年（一九三一）　三十二歲

與古賀春江、高田力藏等畫家相識相熟。

昭和七年（一九三二）　三十三歲

一月，〈水晶幻想〉（改造）

三月，伊藤初代來訪。梶井基次郎去世。

一月，〈給父母的信〉（若草，後分四篇刊載，於九年一月完結）

二月，〈抒情歌〉（中央公論）

九月，〈化妝與口哨〉（朝日新聞，十一月完結）

十月，〈慰靈歌〉（改造）

昭和八年（一九三三）　三十四歲

二月，《伊豆的舞孃》登上銀幕。十月，與武田麟太郎、林房雄、小林秀雄、豐島與志雄、里見弴、宇野浩二、深田久彌等人創辦雜誌《文學界》。

七月，〈禽獸〉（改造）

十二月，〈臨終之眼〉（文藝）

昭和九年（一九三四）　三十五歲

二月，直木三十五逝。三月，因松本學成為文藝懇談會的會員。十二月，至越後旅行。

三月，〈虹〉（中央公論）

五月，〈文學自傳〉（新潮）

昭和十年（一九三五）　三十六歲

一月，芥川獎設立，成為評審委員。冬，受居住於鎌倉淨明寺宅間谷的林房雄之邀，移居其鄰家。此後定居鎌倉至逝世。

一月，〈夕景色之鏡〉（文藝春秋）、〈白朝之鏡〉（改造，兩者均爲《雪國》的獨立篇章）

七月，〈純粹之聲〉（婦人公論）

十月，〈童謠〉（改造）

昭和十一年（一九三六）　三十七歲

一月，《文藝懇談會》創刊，任編輯。是年，新潮獎、池谷信三郎獎設立，任評審委員。

一月，〈義大利之歌〉（改造）

四月，〈花的圓舞曲〉（改造，五月完結）

十月，〈父母〉（改造）、〈女性開眼〉（報知新聞，十二年七月完結）

昭和十二年（一九三七）　三十八歲

七月，《雪國》與尾崎士郎的《人生劇場》同獲文藝懇談會獎。十二月，北條民雄逝。是年，移居鎌倉二階堂。

六月，《雪國》（創元社）

十一月，〈高原〉（文藝春秋，此中篇小說後以變換篇名續寫的形式在各種雜誌發表過，共計五次）

昭和十三年（一九三八）　三十九歲

四月，觀賞本因坊秀哉名人引退棋戰。

七月，〈名人引退棋賽觀戰記〉（東京日日新聞、大阪每日新聞連載至十二月，後幾經改寫爲〈名人〉）

昭和十四年（一九三九）　四十歲

二月，任菊池寬獎評審委員。於熱海過冬。

昭和十五年（一九四〇）　四十一歲

三月，與橫光利一、片岡鐵兵前往東海道旅行。

一月，〈母親的初戀〉（婦人公論，後以〈我愛的人們〉系列連載至十二月）

昭和十六年（一九四一）　四十一歲

春季至初夏，遊滿洲。九月，應關東軍之邀，與大宅壯一、火野葦平等人再度前往滿洲。於奉天、北京各停留一個月，於大連停留數日，十二月，太平洋戰爭開戰前夕回國。

昭和十七年（一九四二）　四十三歲

八月，以島崎藤村、志賀直哉、里見弴、武田麟太郎、瀧井孝作為編輯，創辦季刊誌《八雲》。

八月，〈名人〉（八雲）

昭和十八年（一九四三）　四十四歲

三月，前往大阪收黑田政子為養女。

五月，〈故園〉（文藝，斷續連載至二十年一月，未完）

八月，〈夕日〉（日本評論，斷續連載至十九年）

昭和十九年（一九四四）　四十五歲

四月，以〈故園〉、〈夕日〉等作品獲菊池寬獎。十二月，片岡鐵兵逝。

三月，〈夕日〉續篇（日本評論）

昭和二十年（一九四五）　四十六歲

四月，以海軍報導組員身分前往鹿兒島縣鹿屋的空軍基地。五月，與久米正雄、中山義秀、高見順等居住於鎌倉的作家開設租書鋪「鎌倉文庫」。後成為出版社鎌倉文庫，於日本橋成立事務所。熟讀《源氏物語》。

昭和二十一年（一九四六）　四十七歲

一月，鎌倉文庫創辦《人間》雜誌。三島由紀夫來訪。是年，移居鎌倉長谷。

二月，〈重逢〉（世界）

十二月，〈山茶花〉（新潮）

昭和二十二年（一九四七）　四十八歲

七月，新潮文庫出版戰後第一部作品《雪國》。十二月，橫光利一逝。

昭和二十三年（一九四八）　四十九歲

三月，菊池寬逝。六月，就任日本筆會會長。太宰治自殺。

一月，〈再婚者手記〉（新潮，斷續連載後於八月完結，後改題爲〈再婚者〉）

二月，〈橫光利一弔辭〉（人間）、《川端康成全集》十六卷（新潮社出版，昭和二十九年四月出齊）

十月，〈信〉（風雪別冊，後改題爲〈反橋〉）

昭和二十四年（一九四九）　五十歲

十一月，應廣島市之邀與筆會的豐島與志雄等人視察原爆災情。

四月，〈時雨〉（文藝往來）、〈住吉物語〉（個性，後改題爲〈住吉〉）

五月，〈千羽鶴〉（讀物時事別冊）

九月，〈山之音〉（改造文藝）

昭和二十五年（一九五〇）　五十一歲

三月，鎌倉文庫結束營業。四月至五月和筆會成員一同訪問廣島、長崎。

十二月，〈舞姬〉（朝日新聞，二十六年三月完結）

昭和二十六年（一九五一）　五十二歲

二月，伊藤初代逝。

五月，〈玉響〉（別冊文藝春秋）

昭和二十七年（一九五二）　五十三歲

〈千羽鶴〉獲二十六年度藝術院獎。

昭和二十八年（一九五三）　五十四歲

二月，〈月下之門〉（新潮，斷續連載，十一月完結）

十一月，與永井荷風、小川未明一同獲選為藝術院會員。

昭和二十九年（一九五四）　五十五歲

以〈山之音〉獲野間文藝獎。

一月，〈湖〉（新潮，十二月完結）

七月，《吳清源棋談．名人》（文藝春秋新社）

昭和三十年（一九五五）　五十六歲

一月，〈伊豆的舞孃〉英譯（由賽登斯蒂克〔Edward George Seidensticker〕編譯）刊登於《大西洋月刊》。

一月，〈某人的一生中〉（文藝，連載至三十二年一月，未完）、《東京人》（一、五、十、十二月，新潮社）

二月，《彩虹幾度》（河出書房）

昭和三十一年（一九五六）　五十七歲

二月，前往《雪國》拍攝地越後湯澤。

三月，〈身爲女人〉（朝日新聞，十一月完結）

昭和三十二年（一九五七）　五十八歲

三月，為出席國際筆會執行委員會赴歐，會見莫里亞克、艾略特等人，五月回國。以日本筆會會長身分，為九月東京召開的國際筆會大會盡心盡力。

昭和三十三年（一九五八）　五十九歲

二月，就任國際筆會副會長。三月，獲菊池寬獎。六月，至沖繩旅行。晚秋，因膽囊炎住院。

昭和三十四年（一九五九）　六十歲

四月，出院。七月，於法蘭克福的國際筆會大會獲頒歌德獎章。

昭和三十五年（一九六〇）　六十一歲

五月，受美國國務院之邀赴美。七月，出席於巴西召開的國際筆會大會，八月回國。獲頒法國藝術與文學軍官勳章。

昭和三十六年（一九六一）　六十二歲

一月，〈睡美人〉（新潮，三十六年十一月完結）

十一月，日本政府授予文化勳章。

一月，〈美麗與哀愁〉（婦人公論，三十八年十月完結）

十月，〈古都〉（朝日新聞，三十七年一月完結）

昭和三十七年（一九六二）　六十三歲

一月，出現安眠藥的戒斷症狀，住院。十月，加入世界和平七人委員會。十一月，《睡美人》獲每日出版文化獎。

昭和三十八年（一九六三）　六十四歲

四月，財團法人日本近代文學館創立，任監事。

昭和三十九年（一九六四）　六十五歲

六月，出席於奧斯陸舉辦的國際筆會大會。七月谷崎潤一郎逝。

一月，〈某人的一生中〉（文藝，定稿）

六月，〈蒲公英〉（新潮，斷續連載至四十三年十月，未完）

昭和四十年（一九六五）　六十六歲

十月，辭任日本筆會會長。

九月，〈玉響〉（小說新潮，連載至四十一年三月，未完；此爲NHK晨間連續劇所寫的小說，與二十六年發表的小說同名）

昭和四十一年（一九六六）　六十七歲

一至三月，入東大醫院治療休養。六月，赴松江旅行。

五月，《落花流水》散文集（新潮社）

昭和四十二年（一九六七）　六十八歲

二月，針對中國文化大革命，與石川淳、安部公房、三島由紀夫聯合發表聲明，呼籲「維護學術與藝術的獨立自主」。

十二月，《月下之門》（大和書房）

昭和四十三年（一九六八）　六十九歲

六至七月，於參議院選舉時擔任今東光的競選總幹事。十月，獲瑞典皇家科學院授予諾貝爾文學獎。十二月，於瑞典學院以〈我在美麗的日本——其序論〉為題，發表紀念演說。

十二月，〈秋野〉（新潮）

昭和四十四年（一九六九）　七十歲

一月，結束領取諾貝爾獎的歐洲之旅回國。三月，前往檀香山。四月，獲選美國藝術文學院榮譽會員。五月，於夏威夷大學發表題為〈美的存在與發現〉的紀念演說。《川端康成全集》（新潮社）刊行。六月，獲同大學的榮譽文學博士，回國。九月，出席舊金山拓荒百年紀念日本週，舉辦特別演講〈日本文學之美〉。

一月，〈夕日野〉（新潮）

昭和四十五年（一九七〇）　七十一歲

六月，出席臺北舉辦的亞洲作家會議並發表演說。同月底，出席首爾的國際筆會大會，於漢陽大學舉行紀念演說〈以文會友〉。十一月，三島由紀夫切腹自決。

一月，〈伊藤整〉（新潮）

三月，〈鳶舞西空〉（新潮）

四月，〈蓄髮〉（新潮）

十二月，〈竹聲桃花〉（中央公論）

昭和四十六年（一九七一）　七十二歲

一月，任三島由紀夫治喪委員長。四月，全力支持秦野章競選東京都知事。

一月，〈三島由紀夫〉（新潮）

四月，〈書法〉（新潮，五月分載）

十一月，〈隅田川〉（新潮）

十二月，〈志賀直哉〉（新潮，連載至四十七年三月，未完）

昭和四十七年（一九七二）　七十二歲

三月七日，因急性盲腸炎住院開刀，十五日出院。四月十六日，於逗子海洋華廈內的書房以煤氣自殺。《岡本加乃子全集》的序文成為絕筆。

九月，《蒲公英》（新潮社，未完的長篇遺作）

昭和四十八年（一九七三）

一月，《竹聲桃花》（新潮社，遺作集）

四月，《現代日本文學集　川端康成》（學習研究社）、《定本　圖錄川端康成》（日本近代文學館編，世界文化社）

（本年譜參照《新潮　川端康成讀本》編製）

作　　者　川端康成
譯　　者　高詹燦

副 社 長　陳瀅如
總 編 輯　戴偉傑
特約編輯　周奕君
行銷企畫　陳雅雯、趙鴻祐
封面設計　IAT-HUÂN TIUNN
內頁排版　宸遠彩藝
印　　刷　前進彩藝有限公司

出　　版　木馬文化事業股份有限公司
發　　行　遠足文化事業股份有限公司（讀書共和國出版集團）
地　　址　231023新北市新店區民權路108之4號8樓
電　　話　02-2218-1417
傳　　眞　02-2218-0727
客服信箱　service@bookrep.com.tw
客服專線　0800-221-029
郵撥帳號　19588272木馬文化事業股份有限公司
法律顧問　華洋法律事務所　蘇文生律師

初版一刷　2024年2月
定　　價　NT$ 400
I S B N　9786263145733（紙本）、9786263145771（EPUB）、
　　　　　9786263145764（PDF）

國家圖書館出版品 預行編目（CIP）資料
美麗與哀愁/川端康成著；高詹燦譯. -- 初版. --
新北市：木馬文化事業股份有限公司出版：
遠足文化事業股份有限公司發行, 2024.02
304面；14.8 X 21公分. -- (川端康成作品集)
譯自：美しさと哀しみと
ISBN 978-626-314-573-3(平裝)
861.57　112021634

川端康成作品集 06

美麗與哀愁

美しさと哀しみと

Utsukushisa to kanashimi to